マージェリー・アリンガム

クリスティ，セイヤーズ，マーシュと並び，英国四大女流ミステリ作家の一人に数えられるアリンガム。その巨匠が生んだ名探偵アルバート・キャンピオン氏の魅力を存分に味わえる日本オリジナル短編集。袋小路で起きた事件の謎をキャンピオンがあざやかに解く「ボーダーライン事件」をはじめ，20年間毎日7時間半社交クラブの窓辺にすわり続けているという伝説の老人をめぐる，素っ頓狂な事件を描く表題作，ブランディにまつわるあやしげな会合で起きた大騒動「未亡人」など，洒落た7つの名短編。エッセイ「我が友，キャンピオン氏」を併録。

窓辺の老人

キャンピオン氏の事件簿 I

マージェリー・アリンガム

猪俣美江子訳

創元推理文庫

THE CASE OF THE OLD MAN IN THE WINDOW AND OTHER STORIES

by

Margery Allingham

目次

窓辺の老人

キャンピオン氏の事件簿I

ボーダーライン事件

The Border-Line Case

その夜のロンドンはひどくむし暑かったので、わたしたち夫婦は市内のアトリエの大きな天窓を開け放ったまま寝床についた。たとえ真っ黒な煤《すす》が降りそそいでも、よどんだ空気をそよがす微風のひとつも運んでくれればかまわなかった。暗い地平線に熱気が垂れ込め、この都市《まち》特有のくすんだドームのような夜空の下で、みなが苛々《いらいら》と寝苦しい夜をすごした。

くだんの殺人は、翌日の夕刊で報じられていた。わたしがそれを読んだのは、午後三時ごろに早版の夕刊が届いたときだ。両目がしょぼついて、紙面の言葉が現実とは無縁の別世界のもののように思えてしまい、細かい点はぼんやりとしか頭に入らなかった。

どうということもない事件だった。少なくともわたしはそう思ったが、慎重に言葉を選んだ短い記事を読み終えると、その新聞をアルバート・キャンピオン氏に放り投げてやった。彼は昼食時にふらりと顔を出し、その後も部屋の片隅に静かにすわり込んだまま、眼鏡の奥の両目をしばたたかせて、ただ漫然と、うだるような暑さをやりすごしていたのだ。

〈袋小路の銃撃〉と名づけられた事件の概要は単純だった。

深夜の一時に、静まり返った北東地区のヴァケーション通りというむさ苦しい裏道で、一人の男がくずおれるように歩道に倒れ込むのをパトロール中の巡査が目にした。巡査は無理からぬことながら、この暑さで失神でもしたのだろうと軽く考え、見知らぬ男の襟元をゆるめてやったあとで救急車を呼んだ。

ところが、駆けつけた救急隊員たちは男の死亡を宣告し、遺体は保管所へ運ばれた。その後、死因は肩甲骨のあいだをみごとに貫いた銃創であることが判明。銃弾は皮膚に小さな穴を残して左肺を貫通し、心臓を一直線にかすめて胸郭に食い込んでいた。

そうした経緯と、巡査が不審な物音をいっさい耳にしなかった事実から、銃弾はいくらか離れたところで消音器つきの銃から発射されたものと見られる……。

キャンピオンは形ばかりの興味を示しただけだった。たしかにその午後もひどい暑さだったし、記事の内容はその時点では、とうてい独創的にも刺激的にも見えなかったのだ。彼はひょろ長い脚を投げ出して床にすわり込んだまま、いちおう辛抱強く紙面に目を通した。

「とにかく誰かが死んだわけだ」ついにそう感想を述べると、しばらく置いてつけ加えた。「気の毒に！　まさに尻に火がついて……やれやれ、場所が場所だから、そんなふうに思えるのかな。ヴァケーション通りを見たことがあるかい、マージェリー？」

わたしはそれには答えず、考え込んだ。おかしなもので、その日の猛暑のような万人共通の悩みに直面すると、大都会のそこここで起きる無数の事態がとつぜん他人事とは思えなくなる。気づくとわたしは、縁もゆかりもない被害者が気の毒でならなくなっていた。

夕刊の記事の背後にある事実を話してくれたのは、スタニスラウス・オーツだった。彼は四時ちょっとすぎにキャンピオンを捜しにやってきたのだ。当時は犯罪捜査部の警部だったオーツは、種々の悩ましい問題をこの角縁《つのぶち》眼鏡をかけた青白い青年と話し合うようになっていた。二人の関係はいっぷう変わったものだった。どう見ても、才気あふれる素人探偵と謙虚な警官といった感じではない。むしろ短気な喧嘩っぱやい警官が、無害で友好的な一般市民の代表者に議論をふっかけているといったところだ。

その日のオーツは少々動揺していた。

「こいつはまさにきみ向きの事件だよ」彼はキャンピオンにそっけなく言いながら腰をおろした。「なにせ、奇跡のような犯行なんだ」

ややあって、自分はこの件について誰とも論じ合う必要はないのだが、この暑さだから仕方ない……と馬鹿げた言い訳をして自尊心をなだめると、オーツは説明しはじめた。

「こいつは〝低俗な〟犯罪だ。煎じつめれば、ギャングの内輪もめってところかな。犯罪にロマンを求めるきみらのような連中には、まるで面白くもないだろう。だがわたしはふたつの点で悩まされているんだよ。まず第一に、犯人と目されるやつには犯行の機会がなかったはずなんだ。そして第二に、被害者の恋人について、わたしはとんだ見込み違いをしていた。ああいう娘たちは似たり寄ったりで、いわゆる〝例外〟ってやつすら当てにはできんようだな」

オーツはその発見に心底傷ついたかのようなため息をついた。

わたしたちはうだるようなスタジオのあちこちにすわって、その娘――ジョゼフィーンについての話を聞いた。ついぞ彼女に会う機会はなかったが、あの日のあの光景を忘れることはないだろう。わたしたち三人は猛暑にあえぎながら、警部の言葉に耳をかたむけた。

彼女はもともとドノヴァンというやつの女でな、とオーツは説明し、わたしたちのためにざっと描写してみせた。痩せぎすの、平たい胸の娘で、顔は透きとおるほど白く、ロシアの聖母像のような黒い髪と目をしている。いつもレースのついたブラウスに、小さな金の十字架のペンダント、あるいは金メッキの安全ピンで補強したブローチを着けている。年はまだ二十歳だ、とオーツは言ったあと、そんな外見に騙されるとは、おれもいい年をして間抜けだよ、と謎めいた言葉をつけ加えた。

それからドノヴァンの話に移ったが、その男は三十五歳にして、すでに人生の十年間を獄内ですごしているという。だからといって、オーツは彼に特別偏見を抱いているわけでもなさそうだった。ただ、その事実のせいで、彼はオーツの頭の中ではある明確なカテゴリーに分類されているらしい。

「暴力的な強盗が専門のケチな常習犯だ」オーツはさっと片手を振り、それですべてがはっきりしたとでも言わんばかりに満足げな笑みを浮かべた。「彼女は十六歳のときドノヴァンに目をつけられて、以来ずっとこっぴどい目に遭わされている」

オーツはわたしたちの興味がそれないうちに、ジョニー・ギルチックの名前を持ち出した。ジョニー・ギルチックは今回の事件で死んだ男だ。

決して情に流されない合理主義者のオーツが、いつになく饒舌《じょうぜつ》にジョゼフィーンとジョニー・ギルチックについて語りはじめた。あれは恋だった——とつぜんの、痛々しい、愚かな恋。それでも見ていて心を打たれたよ、と彼は認めた。

「じつは昔、〝真の恋《まこと》〟とやらの話が得意な叔母がいてね。気恥ずかしい、老女のたわごとにしか聞こえなかったものだ。だが、あの若い二人が出会って燃えあがり——そうでもなければ、ただのつまらんちんぴらだった二人が——ひとつの熱い炎になって輝くのを見て考えが変わった。〝真の恋《まこと》〟なんて表現はいただけないとしても、叔母の言いたかったことはわかる気がしてきたんだよ」

オーツはためらい、のっぺりした土気色の顔に自嘲的な笑みを浮かべた。

「まあ、どのみち間違ってたわけだがね——叔母もわたしも」彼はぶつぶつ言った。

「ジョゼフィーンは周囲の予想どおりにジョニーを裏切った。彼が生まれながらに定められていた末路をたどって死体保管所に安置されるや、彼女はとつぜん不滅の誓いを破り、彼を殺したやつのアリバイを主張したのさ。むろん、情婦の言葉が証拠として大きな価値をもつわけじゃない。それ自体はどうでもいいことだ。だが彼女が必死に犯人をかばおうとした事実は変わらん。センチなやつだと思われるかもしれないが、こちらはがっくりきてるんだ。一途《いちず》な娘かと思ったのに、とんだ見込み違いだったんだからな」

キャンピオンがもぞもぞ身体を動かし、礼儀正しく尋ねた。

「詳細を聞かせてもらえますか？　夕刊を読んだだけなので。あまり要領を得なかったんですよ」

オーツはいまいましげに彼をにらんだ。

「正直言って、判明している事実は気に食わんことだらけだ。どこかにちょっとした盲点があるにちがいない。単純すぎて、きれいに見落としちまったことがな。じつのところ、それできみを捜しにきたんだよ。一緒に現場へ行って、ちょっと様子を見てもらえんかと思ってね。どうかな？」

誰もほとんど動かなかった。暑くて動く気になれなかったのだ。ついに警部はチョークを一本取りあげ、モデル台の裸の板に現場の略図を描きはじめた。

「ここがヴァケーション通りで」と、板の裂け目にそってチョークを走らせ、「長さは一マイル近くある。こちら側の端、この椅子のあたりは、ほとんどが卸問屋の倉庫だ。そして今、わたしが描き込んでる灰皿つきの四角いごみ箱が、ふたつの警察管区の境界線の目印。そこを起点にするとして、ええと、十ヤードほど左のここがコール横丁の入口で、この袋小路はふたつの倉庫のコンクリートの壁にはさまれ、突き当りはカフェの店舗になっている。カフェは終夜営業で、通りの先にあるふたつの大手印刷業者の植字工たちがおもな客だ。おもて向きはな。だがここはドノヴァン一派の非公式の本部みたいなものにもなっていて、ジョゼフィーンが一階のデスクでたえず人の出入りに目を光らせている。まったく、いつ休んでいるのやら。彼女はいつもそこにすわらされてるようなんだ」

警部がしばし言葉を切ると、不意に、わたしたちみながすごした息苦しい夜の記憶が脳裏に浮かんだ。薄い胸と大きな黒い瞳の娘が、熱気のこもったカフェの店内にすわっているのが目に見えるようだった。

オーツは続けた。

「さて、そのカフェは上階に個室がある。三階にな。われらが親愛なるドノヴァンはそこで夜の大半をすごした。おそらく相当数の仲間が一緒で、われわれ捜査陣はいずれ、その全員を特定することになるだろう」

彼は略図の上にかがみ込んだ。

「ジョニー・ギルチックはここで死んだ」と、ごみ箱を示す四角形の一フィートほど右側に丸印を描き込み、「通りの手前のほうにいた巡査は、彼がこの街灯の下で立ちどまり、よろよろ倒れ込むのを目にした。その後、もうひとつの管区の仲間に大声で知らせ、二人で救急車を呼んだんだ。それはすべて疑問の余地がない。だがひとつだ

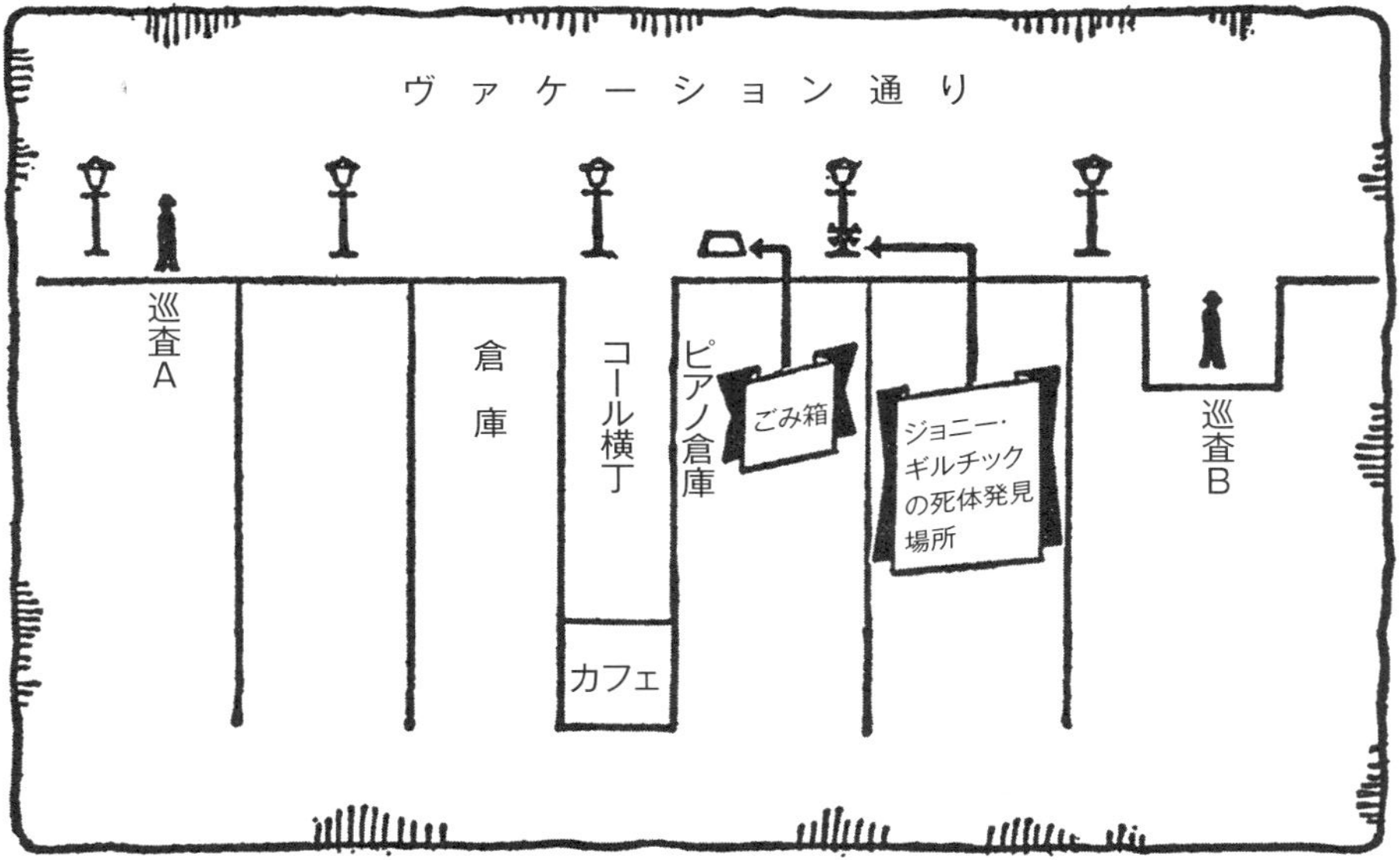
ヴァケーション通り
巡査A
倉庫
コール横丁
カフェ
ピアノ倉庫
ごみ箱
ジョニー・ギルチックの死体発見場所
巡査B

け問題点がある。ドノヴァンはいったいどこから撃ったんだ？　いいかね、そのときヴァケーション通りには二人の警官がいた。じっさい発砲された瞬間には彼らの一人、ネヴァー通り署の巡査は倉庫の中庭を巡回中だったが、もう一人のフィリス小路署の巡査のほうは、現場から四十ヤードと離れていない路上にいた。ジョニー・ギルチックが倒れるのを目撃したのはこの男だ。銃声は耳にしていないがね。とにかく、キャンピオン、この通りにはひとつとして身を隠せる場所はない。ならばドノヴァンはどうやって姿を見られずにカフェを抜け出し、どこかでジョニーの背中をみごとに撃ち抜き、ふたたびもどることができたのかね？　袋小路は倉庫の側面の固いコンクリートの壁にはさまれてるし、カフェの裏側からの抜け道はない。屋根を伝ってゆくのもとうてい無理だ。ふたつの倉庫のほうがずっと大きな建物で、カフェの両側にそそり立ってるんだからな。それに、どうにか通りに出たとしても、間違いなくどちらかの巡査の目にとまったはずだ。それじゃ、ドノヴァンはどんな手を使ったんだ？」

「ひょっとしたら、ドノヴァンのしわざじゃないのかも」無鉄砲にも口をはさんだわたしは、じろりと哀れむような視線を向けられた。

「やつの犯行なのは動かん事実です」警部は重々しく言った。そしてキャンピオンに向きなおり、「それだけはたしかだ。ドノヴァンのことならわかってるんだ。やつは英国ではめずらしい、銃を持ち歩くギャングの一人でね。禁酒法が廃止されるまえに五年間ほどニューヨークのギャング団にいたとかで、いまだに、ときおり飢えたように大酒を飲む。飲めば必ず疑心暗鬼になり、その間は何でもやりかねんのだよ。ジョニー・ギルチックも以前はドノヴァンの手下の一人だったが、例の娘に惚れると一味から遠ざかり、それがドノヴァンにしてみれば二重に腹立たしかったのさ」

オーツは言葉を切って笑みを浮かべた。

「やつはいずれはジョニーをやるはずだった。たんに時間の問題だったんだ。一味のみんながそれを期待し、近所の連中も待ちかまえていた。ドノヴァンは今度ジョニーがこのカフェに寄ったら、二度と顔を出せないようにしてやると公言していたそうだ。それで昨夜、ひょっこりあらわれたジョニーは震えあがった娘に店から追いたてられ、ついに袋小路をあとにした。だが角を曲がってヴァケーション通りを進みはじめたところで、ドノヴァンにやられちまったのさ。そうとしか考えられないんだ、キャンピオン。医師たちによれば、ジョニーはほぼ即死だった。背中を撃たれたあと、三歩と歩いてないはずだ。凶器についても、ドノヴァンの銃だったのはみえみえで、まだ現物は押さえてないが、やつの銃が犯行に使われたのと同じ型なのはわかってる。じつに見え透いた、単純きわまる事件だよ――ドノヴァンは発砲したとき、どこに立っていたのかってことさえわかればな」

キャンピオンが彼を見あげた。眼鏡の奥の両目は、考え込むような色を帯びている。

「そのジョゼフィーンって娘はドノヴァンのアリバイを証言したんですね？」

オーツは肩をすくめた。「まあな。ひどく躍起になって、ドノヴァンは事件当時はずっと店の上階の部屋にいて、夜通し、一度たりともそこを離れなかったと言うんだ。いくらしぼりあげても、頑として主張を変えない。命にかけて誓うとか言ってな。どのみち、そんな証言は何の意味もない。とはいえ、彼女がそんなまねをするのを見たくはなかったよ。恋人の遺体がまだろくに冷えてもいないってのに。もちろん、彼女は一味の連中にへつらおうとしてたんだ。ごくもっともな事情があってのことなんだろう。だがな、彼女が訊かれもしないうちからドノヴァンのアリバイを証言するのを聞いて、やっぱりこちらは残念な気持ちになった」

「へえ！　彼女は自ら進んで証言したのか」キャンピオンは興味を惹かれたようだった。

オーツはうなずき、小さな両目を表情豊かに見開いた。

「強引に、と言ってもいい。ずかずか署に乗り込んできて、まるで立派なことでもしてるみたいに、洗いざらいぶちまけたんだ。わたしは普通、その手のことにショックを受けたりはしないんだがね、あれにはたしかに嫌悪を感じたよ。だから遠慮なく言ってやったんだ。彼氏の遺体を拝みにいってみろ、とかな」

「あなたらしくもないですね」キャンピオンは穏やかに言った。「で、彼女はどうしました？」

「ああ、おいおい泣きじゃくったさ、ほかの娘どもと同じだ」オーツはまだ憤懣《ふんまん》やるかたなさそうだった。「だがまあ、それはどうでもいい。ジョゼフィーンのような娘たちが何をしようとしまいと、じつのところはかまわんのだよ。彼女は我が身を守ろうとしただけだ。あれほど勢い込んで証言しなければ、こちらだって許していただろう。それより重要なのはドノヴァンだ。やつはいったいどこから撃ったんだ？」

それに応えるように甲高い電話のベルが鳴り響き、オーツはちらりとわたしにあやまるような目を向けた。

「たぶんわたしへの電話だ。かまわんでしょうな？　部長刑事にここの番号を教えてあるんです」

受話器を取りあげ、首をうつむけて耳をかたむけるうちに、警部の顔つきが変わった。見て見ぬふりをするのも大儀なほどの暑さだったので、わたしたちは興味津々で見守った。

「ほう」長い間のあと、オーツは平板な口調で言った。「そうか。まあ、どっちにしても同じだろうが……しかし、彼女はなぜそんなことを……何？……たぶんそうだが……ええっ？……本当か？」

電話の相手がより重要な第二の情報を口にしたとみえ、オーツは不意に驚愕をあらわにした。

「そんなはずは……たしかなのか？……何だと？」

遠い彼方の声がせっせと説明し、その間断ない、単調な響きがわたしたちの耳にも届いた。オーツ警部はしだいに苛立ちをつのらせ、

「ああ、もういい。わかったよ。おれはきっと頭がどうかしてるんだ……おれたちはみんな、どうかしてるのさ……どうでもそっちのいいようにしろ」と、粗野な捨てぜりふを吐いて受話器を置いた。

「アリバイが裏付けられたのかな？」キャンピオンが尋ねた。

「ああ」オーツはうなるように答えた。「下のカフェにいた二人の植字工が、昨夜は一度もドノヴァンは店内から出なかったと断言しているそうだ。どちらも信頼できる男だ。恰好の証人になるだろう。だがジョニーを撃ったのはドノヴァンさ。それはたしかだよ。わたしに想像できるかぎりでは、やつはきっとピアノ会社の倉庫の角のコ

ンクリートをぶち抜いてジョニーを撃ったんだ」オーツはほとんど腹立たしげにキャンピオンに向きなおり、「どうだ、これがうまく説明できるか？」と問いつめた。

キャンピオンは咳払いした。いささか戸惑っているようで、やがてついに、勇気を奮って切り出した。

「あの、じつはふたつだけ、思いついたことがあるんです」

「じゃあ言ってみてくれ、坊ちゃん」オーツは煙草に火をつけて顔を拭った。「さあ。拝聴しようじゃないか」

キャンピオンはふたたび咳払いした。「ええと――まずはほら、この暑さです」ひどく決まりが悪そうだった。「この暑さと、あなたの言う強固な壁のひとつが気になったんですよ」

警部はひとしきり悪態をつき、非礼を詫びたあと――

「この暑さを忘れられるやつがいたら、お目にかかりたいもんだがね。それと壁がどうしたって？」

キャンピオンはモデル台の板に描かれた略図の上に、反対側から身をかがめた。そして、弁解がましく切り出した。

「ここがそのピアノ会社の倉庫の角ですね。そしてこれがごみ箱。この左側の街灯の下でジョニー・ギルチックが発見された。左側の先のほうではネヴァー通り署の巡査が中庭を巡回中で、一時的に通りから離れていたが、こちらの右のほう、袋小路の入口の反対側に、もう一人の巡査がいた。例のフィリス小路署の、何とか巡査です。そこで誰もがついつい――ええと――現場は密室状態で、四つの揺るがぬ壁に囲まれていたように考えてしまう。ふたつのコンクリートの壁と、二人の警官という壁に」

キャンピオンはためらい、おずおずと警部に目をやった。

「警官が揺るがぬ壁でなくなるのはどんなときでしょうね、オーツ？　たぶん――そう、まさにこんな暑さのとき……じゃないのかな？」

オーツは両目を細めて彼を凝視していた。

「くそっ！」と、とつぜん声を張りあげ、「ちくしょう、キャンピオン、そのとおりだよ。あんのじょう、端《はな》からわかりきってたことじゃないか」

彼らは略図を見おろした。オーツがかがみ込み、袋小路の入口の街灯の下にチョークで×印を描き込んだ。

「こっちの街灯だったんだ。その電話を取ってくれ。やっこさんをつかまえてやるからな、待ってろよ」

警部が電話の相手と夢中で話を交わすあいだに、わたしたちが説明を求めると、キャンピオンはしばしためらったあと、例の穏やかな弁解がましい口調で切り出した。

「ええと、ほら……ここにごみ箱があるだろう？　このごみ箱はふたつの管区の境界線を示す目印になってるんだ。猛暑でへたばっていた警官Aは、自分の担当区域の街灯の下で一人の男が暑さのあまり倒れるのを目にする。その男は小柄だったので、Aは彼をごみ箱の向こうの次の街灯の下へ移すのはわけもないはずだと思いつく。そうすればこの件は自動的に、今しもこちらへ向かってるはずの警官Bの責任になるからね。やがて警官Aが場所を移し終え、ぐったりした男の上にかがみ込んでいるところへ仕事仲間がやってくる。Aは銃創にはまったく気づいていないから、もとの場所が袋小路の入口で、カフェの三階の部屋から丸見えだったことに意味があるとは夢にも思わなかったんだ。今日になって、そのまぎれもない重要性に気づいたはずだが、彼はどうやらだんまりを決め込むのがいちばんだと考えたようだね」

電話を終えたオーツが意気揚々ともどってきた。

「第一発見者の巡査は今朝から休暇を取ってるそうだ。やつは古顔なんだ。倒れた男が死んでいるのに気づき、暑さのせいだと決め込んで、つまらん審問で休みをつぶされるのはごめんだと考えたにちがいない。そんなことに最初に気づかなかったのが不思議だよ」

しばし沈黙が流れた。

「それじゃ——例の娘は?」わたしはついに尋ねた。

オーツは眉をひそめ、痛ましげに小さく顔をしかめた。

「あの娘には気の毒なことをしました。むろん、あれは事故だったのでしょうがね。現場を目撃した署員によれば、どちらとも断言できんそうです」

わたしがぽかんと見つめていると、彼は少々あわてたように説明しはじめた。

「さっき話さなかったかな? うちの部長刑事がアリバイの件で電話をよこしたときに聞かされたんですよ。ジョゼフィーンは今朝がた死体保管所を訪ねたあと、道路を横断しようとしてバスに轢《ひ》かれたと……ああ、即死だったそうです」

警部はかぶりをふった。どこか気まずげだった。

「彼女が署までやってきたのは、それ自体が一種の意思表示だったんでしょうな。一味の連中からは、事件当時は上の部屋には誰もいなかったと断言するように指示されてたにちがいない。思わぬツキに恵まれたことに気づくまで、やつらはもともと、そう主張する気だったはずなんだ。だから彼女がうちの署にすっとんできたのは、自分の命を危険にさらしてでも、ジョニーを殺したやつの罪を暴くためだったのだろう。それが逆に、アリバイを与えてしまうことになるとは……いや、皮肉なものですよ」

彼はキャンピオンを好もしげに見やった。

「きみは余計な人情で頭を混乱させせんから、そうしたことをすばやく見抜けるんだ。すべてをAとかBとかいった記号でしか見ない、そこが大きなちがいだな」

誰より礼儀正しいキャンピオン氏は、何ひとつ言い返さなかった。

窓辺の老人

The Case of the Old Man in the Window

先ごろ警視に抜擢されたばかりのスタニスラウス・オーツは、決して有頂天になってはいないものの、とんとん拍子の出世を祝っている男にふさわしく上機嫌だった。ロンドン市内の気楽な肉料理屋で、隅の小さなテーブルをはさんで彼の向かいにすわったアルバート・キャンピオン氏は、いつもは寡黙な友人の豹変ぶりを興味深げに見守っていた。

「まあ、今回の昇進で、わたしも引退後は回顧録を書けるような身分になるわけだ」元警部はとつぜん、柄にもない無邪気さをのぞかせた。「誰かが代わりに書きとめてくれれば、第一級の本ができるぞ。われわれプロの捜査官は、さまざまなことに詳しくなるものだからな。きみたち素人が決して出会わない──たとえ出会っても、一顧だにしない──興味深いことを山ほど知っているんだ。今日もひどく奇妙な話を耳にした。大金のからむビジネスってのは尋常じゃないぞ、キャンピオン。びっくりするほど犯罪の種がひそんでる。きみにちょっと、会社法について話してやろう」

キャンピオンはにやりとした。「ついでに世間のみんなにも話すんですね」やんわりそう指摘したのは、警視が声を張りあげていたからだ。「あなたはたしか、この店は夜はがら空きだとか言っていたけど」ひょろ長い脚をテーブルの下にのばし、ずり落ちた角縁《つのぶち》眼鏡を押しあげた。「どうして、あふれんばかりじゃないですか。若者たちと――その――熱気で」

持ちまえの警戒心が首をもたげたのか、オーツは細長い顔にいつもの陰気な表情を浮かべてあたりを見まわした。

「とつぜん流行《はやり》の店になったにちがいない」彼はむっつりと言った。「それがこうした店の困ったところさ。あそこはいいぞ、静かで安いんだ、なんて話が広まったら最後、あっという間にのぼせあがった恋人たちが群れをなして押しかけ、値はつりあがるわ、味は落ちるわだ。ほら、あそこにも、家族には会わせられない相手とデート中の色男がいるぞ」

ほっそりした肩越しにさりげなく目を向けたキャンピオンは、若禿《わかはげ》の丸っこい頭の下にある、大きな二重あごの顔を認めた。その向こうには、グレイの帽子をかぶった娘の黒っぽい巻き毛と真っ赤な唇が見える。彼はあわてて視線をそらした。

「あの男の名はマーチ」オーツはふたたび勢いづいていた。「例の劇場用の機械を扱う会社の役員だ。こんなところで会うとは奇遇だよ。おかげで、さっき話そうとしてたことを思い出したがね。あの会社は、またもや資金繰りが苦しくなっているそうだ」

大量生産の壁紙が貼られた小さな部屋の向こうまで届きそうな警視の声に、キャンピオンは穏やかに抗議した。

「あなたは酒が入るといつも大声になるんですか？　わめくのはやめてください。あの男なら、顔はよく知っていますよ。同じクラブの会員だから」

「本当か？　近ごろはどこの紳士クラブも左前だと聞いてはいたが」オーツはいくらか声を低めただけで、平然と続けた。「まさか、誰でも受け入れちまうほどだとは知らなかったよ」

キャンピオンは傷ついた顔をした。「ぼくの知るかぎり、マーチは評価の高い貴重な会員ですよ。それにたぶん、奥さんと外出しているだけでしょう」

「馬鹿を言え」オーツは笑い飛ばした。「あの小娘はフリヴォリティ座の踊り子だぞ。少なくとも先週、あそこのショーが打ち切りになるまではそうだった。しかも、いいかね、アーサー・マーチ氏は一月もしないうちにほかの女性と結婚することになっている。よき警官は何でも研究するんだ、新聞や雑誌のゴシップ欄までな。だからきみたち素人は詰めが甘いと言ったのさ。一見、どうでもいいような情報をじゅうぶん集めない。たとえば、例の会社法の件だが……」

オーツははたと言葉を切り、陰気な灰色の目を興味深げに光らせた。二人の席からは店の入口までまっすぐ見通せたので、彼の視線をたどったキャンピオンにも、若いカップルが入ってくるのが見えた。オーツ警視はにっと満面の笑みを浮かべた。

「こいつは面白い。あの娘がマーチの婚約者――デニーズ・ウォーレンだ。彼女のほうも男友だちと遊び歩いてるわけか。きっと、人目につかない店だと聞いてやってきたんだ。まだマーチには気づいてないぞ」

キャンピオンは無言で、じっと娘を見つめていた。いっぷう変わったタイプの女性だった。平均よりも背が高く、真っ白な肌と金色の髪。ブルーグレイの目は間隔が広く、堂々たる身のこなしが印象的だ。

連れの男は彼女より少しだけ年上の、肩幅の広い、がっしりとした若者だった。見ようによってはハンサムで、若さに似合わぬ貫禄めいたものをただよわせている。彼らは空《あ》いているテーブルを見つけ、こちらの席から丸見えの場所に腰をおろした。オーツは見るからに嬉々としている。

「あの婚約中の二人はもうすぐ、お互いに気づくぞ」いたずらっ子のような口調だった。「彼女の連れの男は誰だろう？　知っているかね？」

キャンピオンは眉をひそめた。「ええ、知ってます。ルパート・フィールディングといって、外科医ですよ。年こそ若いが、天才的な名医だという話です。馬鹿なまねをして恥をさらしたりしなきゃいいけど。あの職業の人間は、いまだに完璧な節度を要求されるものだからな」

オーツはにやりとした。「あいつも同じクラブの仲間なのか？」

キャンピオンもつられて笑みを浮かべた。「ええ、あいにくね。彼は暇さえあればそこですごしてます。高齢の会員たちを安心させるためでしょう」

オーツはまたちらりと娘のほうに目をやった。「おやおや、彼女はそこの会員としかつき合わんのかね。そのすごいクラブはどこなんだ？　〈パフィンズ〉じゃないんだろうな」

「いや。あれほど名門じゃないけど、同じぐらい格式のあるクラブですよ。ペルメル街の〈ジュニア・グレイズ〉です」

オーツはさっと背筋をのばした。「いよいよ面白くなってきたぞ。そいつは例のご老体が日がな一日、窓辺の席にすわってるとこじゃないのか？」

「ローズマリー老人のことですか？」

「それだ。今やあれはロンドン名物のひとつだよ。十年一日のごとく変わらん光景だ。不思議なことに、今日はよそでもあの老人の話を耳にしたばかりでね、きみに話そうと思ってたんだ。彼はみんなが言ってるほど高齢なのか？」

「今年のいつだかで九十歳です」

「本当か？」警視はがぜん興味を惹かれたようだった。「もちろん、わたしも幾度となく姿を拝ませてもらったさ。あんな馬鹿でかい出窓の中に鎮座してれば、いやでも目につくからな。しかし、外の通りからだとけっこう若く見えるぞ。きみもそうだが、痩せこけた男は若めの印象を与えるんだ。あの老人は、そばで見るとどんな感じだ？」

キャンピオンは考え込んだ。二人のクラブ仲間と彼らの私的な問題からオーツの好奇の目をそらすためなら、どんなつまらない話題にも真剣な注意を払いたい気分だったのだ。

「普通の方法ではあんまりそばには行けないんです」ついにそう答えた。「あの張り出し窓はローズマリーの聖域ですからね。彼の椅子の背後は隙間風よけの衝立《ついたて》で囲まれ、部屋のほかの部分とのあいだにはテーブルが置かれてるんですよ。それにぼくは朝からクラブに行くことはめったにないから、あの老人が入ってくるのを見る機会はあまりないけど、ときおり夕方の六時半によろよろ出ていくのは見かけるな」

「じゃあ頼りなげなのか?」警視はなおも尋ねた。「そのくせ一見、若々しいんだな? 詮索がましくて悪いが、どうも珍奇な人間は好かんのでね。間近でまともに見たら、彼はじっさいどれぐらい若々しいんだ?」

キャンピオンはしばしためらったあと、「うまいこと老いを見せないようにしてますよ。ありとあらゆる手段を講じて」

「ああ、なるほど——美顔術、若返り薬、部分かつら、頬のこけない特製入歯とかいったやつだな」オーツは蔑《さげす》むように言った。「それで納得がいった。わたしはその手のものは大嫌いだが。年増《としま》の女がやってるだけでもぞっとするのに、男となったら胸がムカつくね」

そこで一息つき、少々無礼だったと考えたのだろう、警視は鷹揚につけ加えた。

「むろん、あの老人が有名な俳優だったことを思えば、わからんでもないが。たしか最初にナイト爵を授与された舞台俳優の一人じゃなかったか?」

「そうだと思います。サー・チャールズ・ローズマリーといえば、八〇年代の名優の一人ですからね。さぞや颯爽《さっそう》としてたんでしょう」

「それが今じゃ必死に若作りして、窓辺で日々をすごしているわけか」警視はつぶやき、「毎日、朝から晩まであそこにすわってるというのは本当なのか？」

「たしか二十年間、一度も破られていない記録です」キャンピオンは執拗な追及にうんざりしながら答えた。「もう伝説も同然ですよ。毎朝十一時にクラブに着き、夕方の六時半まであそこにすわっているんです」

「いやはや！」オーツは意味深長に言い、とつぜん声を張りあげた。「おい、やっこさんが彼女に気づいたぞ」

キャンピオンは相手の注意をそらそうとするのをあきらめた。警視のどんよりした丸い目がぱっと楽しげに輝いた。

「マーチを見てみろ。怒り狂ってるぞ。いかにもあの手の男らしい反応じゃないか。自分だって同じことをしてるのに気づいていないんだ。そこからあいつが見えるかね？」

「ええ、あなたのうしろの鏡の中に」キャンピオンはしぶしぶ認めた。「彼の同伴者にとっては、ちょっといたたまれない状況ですね」

「彼女のほうは慣れっこだろうさ」オーツはほがらかに言った。「ほら、あいつを見てみろ」

アーサー・マーチは腹を立て、それをあらわにすることに何の躊躇《ちゅうちょ》も感じていないようだった。椅子の中で背筋をこわばらせ、怒りに顔を蒼白にして、婚約者とその連れをにらみつけている。向かいの席のグレイの帽子をかぶった娘は、ちょっぴり面白がっているふりをしようと懸命だが、両目は怒りに燃えていた。

キャンピオンがもう一組のカップルを見やったちょうどそのとき、周囲のテーブルからちらちら向けられる好奇の視線に気づいたミス・ウォーレンが、部屋の反対側の怒り狂った男に目をとめた。つかのま両者の視線がかち合い、ミス・ウォーレンの頬がじわじわと深紅に染まった。やがて、彼女は事態に気づいていないらしいかたわらの男に何ごとかささやいた。

オーツは興味津々だった。

「マーチがあっちへ行こうとしてるぞ」とだしぬけに言い、「いや、考えを変えたようだ。メモを送ろうとしている」

手帳から破りとった紙片に殴り書きされたメッセージをたずさえたウェイターは、ひどく気まずげに詫びの言葉を口にしながらそれをミス・ウォーレンに手渡した。彼女はさっと文面に目を走らせ、さらに真っ赤に頬を染めると、メモをフィールディングに見せた。

若い外科医は落ち着きはらった四角い顔をわずかに曇らせ、娘のほうに身を乗り出すと、不意に何かを口にした。彼女はためらい、彼を見あげてうなずいた。しばらくのちに、ふたたび店内を横切りはじめたウェイターの顔には薄笑いが浮かんでいた。オーツは眉をひそめた。

「何があったんだ？」いてもたってもいられないような口調だ。「よく見えなかったが、きみはどうだ？　ちょっと待ってろ」

キャンピオンにとめる間も与えず警視は立ちあがり、戸口のスタンドにかけた外套《がいとう》のポケットからパイプを取りにゆくふりをしてぶらぶら店内を進みはじめた。いささか遠回りの進路を取ったので、マーチがウェイターから返事のメモを受け取ったときには彼の椅子の真うしろを通りかかっていた。

オーツは笑顔でもどってきた。

「あんのじょうだ」勝ち誇ったように言いながら腰をおろした。「彼女はやつからのメモに婚約指輪を包んで送り返したのさ。ああ、何が書いてあったか知らんが、みごとなしっぺ返しだよ！　そら、やつを見ろ……一戦まじえるつもりかな？」

「そうでなけりゃいいけど」キャンピオンは熱を込めて言った。

「いや、思いなおしたようだ。出ていくぞ」警視はいささか失望したようだった。

「だが顔色を変えてるな。それにほらあの手、ぶるぶる震えてる。なあ、キャンピオン、あの表情はやばいぞ。怒りにわれを忘れてるんだ」

「だったら、じろじろ見るのはやめてください。気の毒に」今夜の招待主は抗議した。「あなたは会社法について、何か前代未聞の面白いことを話してくれるところだったんですよ」

オーツは部屋の反対側の、遠ざかってゆく二人に目を向けたまま、眉をひそめた。

「そうだったか？　このちょっとした見世物のおかげで忘れちまったよ。ああ、彼らは立ち去り、もう一組のカップルのほうはまた腰を落ち着けようとしている。まあ、これであのささやかなロマンスも終わりだな。こちらは楽しませてもらったが」

「見るからにね」キャンピオンは苦々しげに言った。「おかげでこちらは二人の申し分ない知人を失うはめになりそうだけど、あなたがご満足ならいいでしょう。どうせ一日かそこらですべては数粒の愛らしい涙とともに水に流され、慎み深く忘れ去られてしまいますよ。それでも、あなたは楽しんだわけだし……」

オーツはしかつめらしく彼を見つめた。

「それはちがうぞ。わたしはあまりこんなことを口にする男じゃないが――ええと――占いめいたこと……とでも言うのかな？」

「予言ですか？」キャンピオンは笑いながら助け船を出した。

「ああ、予言だ」オーツはどうにかつっかえずにくり返し、「だがな、キャンピオン、今しがたきみと目にした一件は、思いもよらぬほど重大な結果をもたらすはずだ」

「あなたは酔ってるんですよ」キャンピオンは言った。

もちろん、オーツ警視は酔っていた。しかし意外にも、のちに本人が指摘したとおり、彼の予言はまさに正しかったのだ。


デニーズ・ウォーレン嬢と王立外科医協会特別会員ルパート・フィールディングの婚約が発表されたのは、今は亡きサー・ジョシュア・マーチの子息であるアーサー・マーチとの結婚の中止が公《おおやけ》にされてから慎ましく六週間を置いた、八月末のことだった。したがって十月のある朝、キャンピオン氏がペルメル街をぶらぶら〈ジュニア・グレイズ〉へと向かったときには、すべてが過去の話となっていた。

正午ちょっとまえのことで、クラブの大きな張り出し窓には陽射しが燦々《さんさん》と降りそそいでいた。どの窓も明るく開放的なので、眼下の通りのにぎわいを眺める上品な装《よそお》いの紳士たちが、ガラスケースの中の陳列品さながらに見える。

だがクラブの建物が近づくにつれ、キャンピオンは名状しがたい喪失感に襲われた。

歩道の上でしばし足をとめ、広大な建物の左翼に視線をめぐらせた彼は、ようやく、いつもとのちがいに気づいた。それを目にしたときには愕然とした。ラウンジの真ん中の張り出し窓に置かれた堂々たる椅子にかけているのは、見慣れたローズマリー老人のワシのような姿ではなく、ちびのずんぐりした老人だった。会員になって十年か十五年にしかならない、ブリッグズという名の、好戦的で悪趣味な人望のない男だ。

不吉な予感を胸にアダム様式のポーチに足を踏み入れたキャンピオンは、ほどなく涙に暮れる給仕長のウォルターズを発見し、懸念をさらに深めた。恰幅のいい六十五歳のウォルターズは名高い威厳の持ち主だったから、その彼が泣いているのは衝撃的な、当惑を誘う光景だった。彼はキャンピオンが姿を見せるとあわてて洟《はな》をかみ、ぶつぶつ非礼を詫びたあと、単刀直入に言い添えた。「あの方は逝ってしまわれました」

「まさかあのご老体――サー・チャールズ・ローズマリーじゃなかろうね?」キャンピオンは愕然とした。

「ああ、そうなのです」ウォルターズは自制をゆるめてかすかに洟をすすった。「今朝のことでした。さぞご本望であったことでしょうが、あの方はいつものあの椅子におかけになっていました。こちらへ着かれてマーチ様など数名の方々と軽く言葉を交わされたあと、間もなく眠りに落ちられて。それはぐっすりお休みでしたが、たいそうご高齢ゆえ、気にもいたしませんでした。ところがその後、フィールディング様がいらっしゃり、すぐに何かがおかしいことに気づかれて、わたくしを呼ばれました。それでご一緒にサー・チャールズをタクシーにお乗せして、ご自宅までフィールディング様が送っていかれたのです。サー・チャールズはタクシーの中で亡くなられたとか。今しがた、フィールディング様がもどられて話してくださいました。あと二日で九十歳になられたというのに。無念でなりません。ひとつの時代が終わってしまったようで……。先の女王陛下が崩御されたときのことも憶えておりますが、こんなふうには感じられませんでした。なにしろ、サー・チャールズはわたくしが四十年まえにこちらへ参ったときからおられたのです」

意外にも、気づくとキャンピオン自身もいささか動揺していた。ウォルターズの言葉は多分に的を射ていた。ローズマリー老人はこの場に欠くべからざる存在になっていたのだ。

ラウンジに歩を進めると、東側の暖炉のそばに立ったフィールディングの周囲に小さな人だかりができていた。キャンピオンはそれに加わった。

今はフィールディングの医師らしい冷静さが大いに役立っていた。彼はたまたま浴びるはめになった脚光に乗じることなく、そんなものは意識すらしていない様子で、ただ粛々と経緯を述べている。キャンピオンに気づくと会釈して話を続けた。

「ご老人がゼイゼイ苦しげな息をされていたので、ちょっと様子を見にいったんです。そのときにはもう意識がなく、最後まで回復しませんでした。ご存じのとおり、タクシーの中で息を引きとられたのですが」

「たしか、ドーヴァー街にフラットをお持ちだったのでしたな？」誰かが言った。

フィールディングはうなずき、「そうです。ウォルターズが住所を調べてくれました。だがそこへ着くまえにサー・チャールズは亡くなり、もう何もできることはなさそうだったので、従僕を呼び出し――たいそう有能そうな男でしたが――二人してご老人をベッドに寝かせました。そして、その従僕がご主人の主治医はサー・エドガー・フィリップソンだと言うので、ハーレイ街の診療所に電話を入れて、こちらは失礼したんです」

「サー・エドガーはさぞ残念がっただろうよ」誰かキャンピオンの知らない男が言った。「ローズマリーとはごく親しかったんだ。とはいえ、ローズマリーはかなりの年齢《とし》だったから、驚きはしなかったろう。高齢者はえてしてそんなふうに、とつぜん安らかな最期を遂げるものだ」

やがて人垣はいくつかの小グループに分かれ、ほかの会員たちが昼食にやってくるにつれて、ふたたび膨れあがっていった。故人の指定席を乗っ取るようなブリッグズ氏のふるまいがしきりに評言の的となり、支配人のもとにはいくつか苦情が寄せられた。喫煙室には、大惨事にでも見舞われたような暗く不穏な空気が垂れ込め、すでにウォルターズの手下の一人から知らせを受けた新聞社には、問い合わせが殺到しているようだった。

そんな中、昼食の直前に気まずい出来事が起きた。クラブ仲間の大半とともに現場でそれを目撃したキャンピオンは、ショックを受けたものだった。アーサー・マーチが到着し、見苦しい騒ぎを起こしたのだ。

それは彼がホールで守衛のスクループから、例のニュースを聞かされたときにはじまった。とても信じられないと言い張る甲高い声がラウンジに響いてきたかと思うと、当のマーチが興奮しきった青ざめた顔で室内にあらわれた。彼は椅子のひとつにどさりと腰をおろすと、注文を取りにきたソムリエを怒鳴りつけ、やおら、これみよがしに額を拭った。それからふたたび立ちあがり、部屋の反対側にキャンピオンと立っていたフィールディングに近づいてきた。

「恐ろしい話だ」マーチは前置きなしに言った。「あの老人とは、今朝がた顔を合わせたばかりでね。例によってご機嫌ななめだったが、それをのぞけばどこも具合は悪くなさそうだった。きみが発見したそうだが。最期は――安らかだったのか？」

「ええ、申し分なく」フィールディングはぶっきらぼうに答えた。あきらかに当惑しているようだ。キャンピオンはふと、数ヶ月まえの肉料理屋でのちょっとした騒ぎのあと、この二人は一度でも口をきいたのだろうかと考えた。

「いやはや！」マーチはわざとらしい熱意を込めて言った。「それはよかった！」

彼はその後も立ち去ろうとせず、医師のほうは居心地悪そうにしている。

「ご親族だったのですか？」フィールディングが唐突に尋ねると、マーチはさっと顔を赤らめた。

「身内も同然さ。サー・チャールズはわたしの祖父と兄弟みたいなものだったんだ」

その説明が自分でも少々こじつけめいて聞こえたのか、マーチはまったくおかどちがいな攻撃に出た。

「きみにはその種の誠意は理解できまいがね」と嫌味たらしくつぶやき、くるりと踵《きびす》を返したのだ。

フィールディングは眉をつりあげ、相手が遠ざかるのを見守った。

「あの人はおかしな精神状態にあるようだけど……」そう切り出した彼の袖にそっと手を触れ、キャンピオンはうながした。

「そろそろ昼食の時間だよ」

　ところが食後、消化の神々に捧げられた快い午睡のひとときが終わろうとしていたとき、〈ジュニア・グレイズ〉は真に驚くべき事態に遭遇することになった。いまだにここでは禁句となっている、婦人参政権運動の勃発以来の大事件だ。となりの椅子の主教が眠気をこらえ、ひざに広げた小冊子への注意を保とうとしているのをぼんやり眺めていたキャンピオンは、相手が椅子の中でつと背筋をのばし、そのふくよかな頬からみるみる健康的な赤みが引いてゆくのを目にした。

　それと同時に、部屋の反対側で、ステュークリー・ウィヴンホー少将の葉巻が口からぽろりと落ちて絨毯《じゅうたん》の上にころがった。

　いっせいにはっと息を吞む音が、あたかも巨大な獣《けもの》の吐息のように室内に響き渡ったかと思うと、いちばん奥の隅で誰かがコーヒーカップをひっくり返した。

　キャンピオンはさっと肘をついて身をもたげ、あたりを見まわした。そしてしばし、その快適ならざる姿勢のまま身動きできなくなった。

　いつもどおり颯爽とした、一分の隙もない服装のローズマリー老人が、ゆっくりラウンジの奥へと進んできた。上着の襟に赤いカーネーションをさし、豊かな白髪《はくはつ》をきらめかせ、奇妙にしわのない顔に例のかすかな笑みを浮かべて。

その背後には、でっぷり太ったハーレイ街の腕利きの医師、サー・エドガー・フィリップソンが悠然とつき従っている。

まさに青天の霹靂《へきれき》で、〈ジュニア・グレイズ〉の会員たちの世評高い冷静さが残らず要求される一幕だった。

新来の二人は部屋の中ほどで、早版の夕刊を手に飛び込んできたボーイと鉢合わせした。ほかならぬローズマリーの矍鑠《かくしゃく》たる姿をまえに、逆上しきったボーイは《イヴニング・ワイヤー》紙を老人につきつけ、馬鹿みたいに口走った。

「ここに――あなたは亡くなったと書かれてますが」

ローズマリーが新聞を取りあげて目をこらすのを、室内の者たちはただ呆然と無言で見守った。

「ひどい誇張だ」老人はかの有名な、まごうかたなき、歯切れのいい口調で言った。「こんなものは片付けてくれ」

彼はいつもの椅子へと歩を進めた。ブリッグズが席を立つのを目にした者はない。ある者たちは、彼は四つん這いになって衝立の陰から這いずり出たのだと主張している。より想像力に富む一部の者たちによれば、ブリッグズは窓から飛びおり、のちに地階の通路で支離滅裂なことをつぶやいているのを発見されたという。いずれにせよ、彼はあっという間に音もなく姿を消していた。

ローズマリー老人は腰をおろすと、立ちすくんでいた給仕を手招きし、ウィスキーの水割りを注文した。

いっぽう主治医のフィリップソンは、立ちどまって室内を見まわしていた。信じられない事態に青ざめたフィールディングが立ちあがって近寄ると、年上の男はにべもなくあしらった。

「これだからきみたち若造は困るんだ、フィールディング」いくらかひそめられてはいるものの、じゅうぶん周囲に響き渡る声だった。「どうも性急に診断を下してしまう。行動するまえに、まずは確かめることだぞ。念には念を入れてな」

すっかり悦に入った様子で、恰幅のいい老医師は歩み去った。

フィールディングは力なく室内に視線をめぐらせたが、誰も目を合わせようとはしなかった。ただひとり同情的だったキャンピオンはローズマリー老人を見つめ、その両目の健康的な輝きと頬の赤みに注意を奪われていたのだ。

フィールディングは無言で部屋から出ていった。


その夜、一人で食事をすませたキャンピオン氏が、上首尾に終わった〈黄色い靴事件〉について簡単な報告書を書いていると、フィールディングが訪ねてきた。若い外科医はばつが悪そうに、ボトル通りのフラットの書斎の真ん中にぎごちなく立ったまま、おずおずと詫びの言葉を口にした。

「ちょっと面識があるのをよいことにこんなふうに押しかけて、本当に申し訳ない。でもぼくはすっかり混乱してるんですよ。例のローズマリー老人の件ですが、彼は今朝にはどう見ても死んでいたんです」

キャンピオンはデカンタを取り出した。

「とにかく腰をおろそうじゃないか。そのほうが神経が鎮まるし、足が疲れない。で、この件は――ええと――きみの仕事にもさしつかえそうなんだろうね？」

フィールディングはほっとした様子で、生真面目な四角い顔にちらりと笑みを浮かべた。

「ぞっとするほどですよ」彼はキャンピオンがさし出したグラスを受け取った。「恰好の笑い話になりますからね。ルパート・フィールディングはすごい名医で、自分がかつがれてるとも知らずに患者の死を宣告してしまうんだ――そんな話がすでにそこらじゅうでささやかれてます。ぼくはもうおしまいだ。判断力の不足はどんな仕事でも問題視されるが、医者の場合はぜったい許されないんです。しかし」彼は途方に暮れたように言い添えた。「サー・チャールズはたしかに死んでいた、少なくともぼくにはそう思えたんです。鼓動が停止していたし、自宅に着いたとき鏡で呼吸がないのも確認しました。もちろん、近ごろでは種々の奇跡も起きるとはいえ、旧式なフィリップソンの治療では無理ですよ。少なくとも、昨日のぼくならそう断言したでしょう。おかしな話じゃないですか?」

「たしかに奇妙だ」キャンピオンはゆっくりうなずいたあと、「きみの言うその現代医学の奇跡とは、正確にはどんなものなのかな?」

「ああ、電気治療とか、そういったものです」フィールディングは漠然と答え、ざっくばらんに言い添えた。「ぼくは内科医じゃなく、外科医ですからね。もちろん、ある程度のことは学んでいるが、あらゆる分野の知識があるわけじゃない。薬物には詳しくないんです」

さっと彼を見あげたキャンピオンの眼鏡の奥の薄青い目は、探るような表情を帯びていた。

「きみはあの老人が何か、みごとに仮死状態になれるような薬物を飲んだんじゃないかと考えてるわけか」

年下の男はキャンピオンをひたと見すえた。「たしかに、ひどく強引な話に聞こえるでしょう。でも、それがぼくに考えられる唯一の説明なんです。いったい何を飲んだのかは想像もつかないけど。とにかく、悔やまれるのは自分が何もしなかったことなんですよ。たんに彼は死んだと決め込み、打つ手はないと考えて、医学界のエチケットに従ってフィリップソンに電話しただけなんですからね」

「なるほど」キャンピオンは重々しく言った。「で、ぼくにどうしてほしいのかな?」

フィールディングはしばしためらったあとで答えた。「事実を探り出してもらえれば、こちらはともかく正気だけは失わずにすむでしょう」メロドラマがかった響きはみじんもない、淡々たる口調だった。「仕事のほうはもう救いようがない——残念ながら、少なくとも数年は。でも本当に、キャンピオン、自分は腕が衰えたのか、それとも頭がおかしくなりかけてるのか知りたいんです。どうしてあんな信じがたいミスを犯すはめになったのか、知っておきたいんですよ」

キャンピオンは威厳あふれる若者を見やり、相手が内心の不安をいっさいおもてに出していないことに気づいた。新たに同情がこみあげ、それとともに好奇心が首をもたげた。だが彼に口を開く間も与えずフィールディングは続けた。

「ほかにも複雑な事情があるんです」ぎごちない口調だった。「つまりその、ぼくの婚約者がローズマリー老人の孫娘で、彼の遺産の大半を相続することになっているのだとお話しすれば、どれほど厄介な状況かおわかりでしょう」

　キャンピオンはヒューッと口笛を吹いた。「おやおや、そいつは災難だ」

「まったくです」フィールディングはむっつりと言った。「しかもそれだけじゃない。彼女はぼくのためにアーサー・マーチとの婚約を解消したのに、マーチは今度の件が起きるやいなや、厚かましくも彼女に電話してきたんですよ。それでさっき、もう一度会ってきたんですが、正直言って理解しがたい男だ。ぼくがひどいミスを犯したことはわかってます。ローズマリー老人に訴えられてもまったく文句は言えません。だがマーチまで、この件を自分への個人的侮辱とみなしているんです。ぼくは小学生のようにどやしつけられたけど、結局のところ、彼はローズマリーの友人の孫にすぎない。いっさい血縁関係はありません。といっても、ろくに反論はできませんでした。どう見てもこちらのミスですからね」

　キャンピオンは考え込んだ。「ご老体が今日の午後クラブにあらわれたとき、ぼくも目をこらしてみたが――驚くほど元気そうだった」

　フィールディングは皮肉な笑みを浮かべた。「間近で見たら、きっと仰天しましたよ。ぼくは今朝タクシーに乗せたとき、びっくりしたんです。虚栄心からなんだろうけど、あの老人は毎朝、いやってほど従僕の手を煩わせて身なりをととのえてたにちがいない。たぶん長年のうちに、ちょっとした加工や補正が積み重なって、たとえば最初は部分的な付け毛だったのが、今ではほとんどすっぽりかつらをかぶるしかなくなったんですよ。まあ薬物の副作用とかは、たとえあったとしても、あなたは気づかなかっただろうけど。いや、余計なことをしゃべりすぎました。ともかく調べてみてもらえますか？」

キャンピオンは、はっきり請け合おうとはしなかった。「少し当たってはみるけど、何も約束はできないよ。まるで魔法みたいな話だからね」

それでも、翌朝はいつもよりずっと早くに〈ジュニア・グレイズ〉に顔を出し、ウォルターズを見つけて人気《ひとけ》のない喫煙室へ連れ込んだ。給仕長は開放的な気分になっていた。

「まったく、ひどい話です」彼は同意した。「大したスキャンダルですな。こう申してはなんですが、人は医者と見れば信頼してしまうものです。とはいえ、わたくしとしてはスキャンダルの一ダースやそこら、サー・チャールズを失うよりはましですが。はい、今朝もすでにいつもどおりの時間にお越しになり、ご機嫌も上々のようです」

キャンピオンはにっこりした。「たしか、不機嫌なときのあの人は手がつけられなかったんだよね？」

「なにぶん、ご高齢でございますから」ウォルターズは鷹揚に答えた。「ときには相手かまわず話をさえぎり、ろくに口もきかずにむっつり新聞を読まれる日もありますが、わたくしは気にしておりません。翌日には打って変わって、誰にでもにこやかに会釈される本来の魅力的な方になられるのを心得ておりますので。今日はどちらのご気分か、いつもすぐにわかります。毎朝、こちらに着かれるとウィスキーを注文なさるのですが、ご機嫌のよい日ならば水割り、苛立《いらだ》っておられればソーダ割りですから、こちらはたっぷり心の準備ができるというわけで」

ウォルターズに礼を言ってぶらぶらその場を離れたキャンピオンは、にわかに厳しい顔つきになり、角縁眼鏡の奥の両目に懸念の色を浮かべていた。

彼は電話のブースに足を運んでオーツに電話した。そして二十分もたたないうちに、警視とタクシーでフリート街へ向かっていた。スタニスラウス・オーツはいつもどおり憂鬱《ゆううつ》そうだった。あの肉料理屋で見せた、いささかぶざまな陽気さは嘘のように消え失せている。今朝の彼は少々苛ついていた。

「これが空騒ぎでなければいいがね、キャンピオン」タクシーが猛スピードで河畔《かはん》の通りを進みはじめると、警視は抗議した。「こちらは暇なわけじゃないし、こんなきわめて私的な遠足のために、むやみに車を飛ばす義理はないんだ」

振り向いたキャンピオンは驚くほど深刻な表情をしていた。

「どうもこの件は、いくらあなたがそうしたくても、私的な問題ではすまなくなりそうですよ」彼はそう切り返し、「ああ、ここだ。ちょっと待っていてください」

タクシーは狭い袋小路の薄汚れたビルの外でとまっていた。歩み去る友人をのぞき見た警視は、彼が劇場の演目表と内輪のゴシップ記事で有名な演劇専門誌、《カーテン》のオフィスに姿を消すのを見届けた。

キャンピオンはしばらくもどらなかったが、ふたたび姿を見せたときには満足げな顔をしていた。彼はロンドン郊外の町、ストレタムのとある住所を運転手に告げ、ふたたびオーツのとなりに乗り込んだ。

「わかったぞ。今なら待ったをかけられるかもしれない。もちろん、いちばんの危害は加えられてしまったわけだけど。なぜだろう？　そこが理解できないんだよな。フィールディングの信用を傷つけるためだけじゃなかったはずだ。それにしては、あまりに危険が大きすぎる」

「わけのわからん間違い電話みたいな話しかたはやめて、説明してほしいものだね」オーツは不機嫌に言った。「さっきのあのうらぶれた事務所で何を聞き出したんだ？」

キャンピオンは、はたとオーツの存在を思い出したかのように彼に目を向け、そっけなく答えた。

「もちろん、これから行く住所です」

やがてタクシーがついに、広々とした郊外の通りでとまった。まったく見分けがつかないほどそっくりな二棟続きの家々が建ち並んでいる。どれも赤煉瓦と白い漆喰《しっくい》で造られ、のっぺりしたチョコレート色のペンキが塗られていた。

キャンピオンがこぎれいな玄関ドアへと続く、短いタイル敷きの小路をさっさと進みはじめると、オーツはブラインドがおろされた窓を一瞥《いちべつ》し、急いであとに続いた。さきほどまでの苛立ちは影をひそめていた。

ドアを開けたのは、灰色の髪を頭のうしろでひっつめた、黒っぽい上っ張り姿の小柄な老女だった。顔が涙の跡《あと》でまだらになり、両目が赤く腫《は》れている。

「ノーウェルさんですか？」彼女はキャンピオンにぼんやり問い返したあと、あわててごそごそハンカチを捜し、声をあげて泣き出した。

キャンピオンはごく穏やかに続けた。

「すみません。ノーウェルさんにお会いしたいなんて言ったりして。彼は亡くなったのですね？」

老女ははっと彼を見あげた。その後の答えは、思いがけないものだった。「まあ、警察の方なのね？　あまりにとつぜん亡くなったから、審問が開かれるはずだと先生《ドクター》がおっしゃっていました。ほんとにショックを受けてるんです。ノーウェルさんはずいぶん長いこと、ここに間借りしていらっしゃいましたので」

彼女は戸口からさがって狭苦しい玄関ホールに二人を通した。警視は自分たちが相手の誤解に乗じていることに気づいたが、今さらあれこれ説明しても意味はなさそうだった。

「あなたはいつ気づかれたんですか？」キャンピオンが慎重に尋ねた。

「今朝になって、二階にお茶をお運びしたときです」老女は勢い込んで話しはじめた。「あの方は昨夜のうちに亡くなったはずだと、先生はおっしゃってます。そのことで、それは念入りにあれこれ質問されて。それで、『ともかく、十時には生きてらっしゃいました』とお話ししたんです。『言葉を交わしましたから』って。わたしはいつも十時十五分まえに寝床につくのですが、ノーウェルさんがそれより遅くなられる場合は、起きて待っていたりしないことになっていました。あの方は玄関の合鍵をお持ちだったし、いつも誰か二階まで付き添ってくれる人がいましたから」

老女が息をつごうと言葉を切ると、キャンピオンは励ますようにうなずいた。

「それで」と彼女は続けた。「昨夜はわたしが寝室の明かりを消した直後に外で車がとまり、じきに玄関のドアの開く音がしました。『あなたなの、ノーウェルさん？』と呼びかけると、『ああ、ミセス・ベル。おやすみ』と返事がありました。そのあとしばらくして、車が走り去るのが聞こえたんです」

オーツが口をはさんだ。「その車の運転手も家の中へ入ってきましたか？」

ミセス・ベルは警視に目を向けた。「運転手かどうかはわかりませんが、誰かが一緒でしたよ。ノーウェルさんは八十歳近いお年でしたし、ここまで送ってきたあと二階のお部屋までついてゆくぐらい、大した手間じゃありませんからね」

「ノーウェルさんに会わせていただけますか？」キャンピオンが優しく言った。

ミセス・ベルはまたすすり泣きはじめたが、やがて、二階の正面の大きな寝室で帽子を脱いだ男たちがベッドの上の微動だにしないやつれた姿を見おろすと、彼女は静かに、誇りを込めて話しはじめた。

「あなたがたがご覧になっているのは、生前のあの方とは似ても似つかぬお姿ですよ。ノーウェルさんはすばらしくハンサムな方でした。みごとな白髪《はくはつ》で、いつも細身のステッキを手に、上着の襟にはお花を飾られて。ご立派な外見が大のご自慢だったんです。そのためにお金と時間を惜しげもなく注ぎ込まれてね。頬をふっくらさせる工夫までされていたほどです。どんなことかは知りませんけど」

キャンピオンが身をかがめて何ごとかささやくと、老女はおぼつかなげに首をふった。

「写真？」と、問い返し、「いいえ、わたしは持っていないと思います。あの方は写真を撮られるのをひどく嫌われましたから。不思議でしたわ。べつに悪い意味じゃありませんけど、あんなに容姿に自信をお持ちだったのに。あら、でも待って。いつぞや、こっそり庭で写した小さなスナップ写真があったはずだわ。取ってきますね」

警視と二人きりになるや、キャンピオンはベッドに横たわる男の上にかがみ込み、そっといっぽうのまぶたをめくった。

「ああ、やっぱり」彼は小声で言った。「フィールディングが気づかなかったのも無理はない。あの老人の年齢なら、ごく平凡な死のように見えたはずですからね。今すぐおたくの人たちを呼んで大急ぎで検査させれば、硫酸モルヒネが検出されるんじゃないのかな」

どういうことか警視が問いただそうとしたとき、ミセス・ベルが色褪《いろあ》せたスナップ写真を手にもどり、彼らは家の裏側の明るい小部屋に移動した。

「ほら、これがあの方よ」彼女は誇らしげに言った。「運よくお姿に気づいて、去年の夏に撮ったものです。あのころはあまり足しげく市内に出かけていらっしゃらなかったの」

「ノーウェルさんは市内で何をされてたんですか？」キャンピオンがさっさと写真を下におろして尋ねたので、警視はむっとした。

ミセス・ベルは困惑したような顔をした。「よく知りませんの。甥御さんの事務所であれこれ目を光らせてるとかいうことでしたけど、本当は高級な図書館みたいなところに雇われてらしたんじゃないかしら。ほら、そういう場所に箔《はく》をつけるためにすわっている人たちがいますでしょ？　わたしが舞台に立っていた時分には、客寄せの〝お飾り役〟なんて呼ばれてましたけど」

オーツは微笑んだ。「それはいっぷう変わったご意見ですな。図書館にお飾りを置くなんて聞いたことがありません」

「あら、それじゃ最高級の仕立て屋だわ」老女は主張した。「いつぞや、たしかにノーウェルさんがウェスト・エンドのどこかの通りで窓辺にすわってらっしゃるのを見たような気がしたんです。何もせずに、ただじっとすわられてるだけで、それはすてきでしたわ。もちろん、あとでお訊きしてみたけれど、あの方はたいそう怒って、そのことは二度と口にしないとわたしに約束させたんです」

そこで、話をさえぎるように玄関の呼び鈴が鳴り、ミセス・ベルは中座を詫びてそそくさと出ていった。

オーツはキャンピオンに向きなおって問いつめた。「さっぱりわけがわからん。説明してもらおうじゃないか」

年下の男がスナップ写真を手渡すと、警視はその小さな画像に目をこらした。ちっぽけな庭の砂利敷きの小路をそぞろ歩く、長身瘦軀《そうく》の風格ある姿がとらえられている。

「ローズマリー老人だ！」オーツは叫び、当惑しきった顔で友人を見あげた。「いやはや、キャンピオン、あのとなりの部屋の男は何者なんだ？」

「ジョン・ノーウェルといって、三十年まえにはセスピアン劇場でサー・チャールズ・ローズマリーの代役を務めてました。そしてどうやら、その後もずっとそうしていたようです」

キャンピオンは静かに続けた。

「たしかにこの考えは、最初にひらめいたときには信じがたいものでした。だけどあとでいろいろ調べてみると、明白なことに思えてきたんです。ノーウェルが六十年近くまえに代役に選ばれたのは、ローズマリーに似てたからです。そのとき彼は二十歳で、ローズマリーは十歳近くも年上だったが、彼らは似たようなタイプで目鼻立ちもそっくりだった。以来、ノーウェルは偉大な先輩の模倣に人生をついやしてきたんです。歩き方や身ぶりの癖までまねて。二人が年を取るにつれ、まねるのは容易になったはずだ。ローズマリーは若々しい外見を保つために人工的な器具に頼り、かたやノーウェルは、ローズマリーに似せるために同じ器具を使ったんですよ」

「ああ、ああ、それは理解できるがね」警視はじれったげに言った。「いったい全体、なぜなんだ？」

キャンピオンは肩をすくめた。

「虚栄心というのは不可解なものです。だがローズマリーは裕福だったから、自らの不老長寿伝説を保つためなら出費をいとわなかったんでしょう。それでたぶん、すでに年金暮らしになっていた男を雇って〈ジュニア・グレイズ〉の窓辺にすわらせることにした。そうして自分が出かけられない日には、ノーウェルに代わりを務めさせていたんです。考えてみれば、ローズマリー自身が二十年間も毎日、朝から晩まであそこにすわり続けたという記録のほうが、この説明よりはるかに信じがたいですよ」

オーツはなおも写真をにらみ、やおら尋ねた。

「なるほど外見については納得できる。さっきの写真を見たからな。だが話す必要が生じたらどうするんだ？」

「彼は話さなかったんです」とキャンピオン。「少なくとも、ほとんどまともには。ここ数年、ローズマリーは気分の変化が激しかったそうですよ。機嫌のいい日には昔ながらの彼だったが、ご機嫌ななめの日には、むっつりしてろくに口もきかなかったんです。じつのところ、この気分の変化からぼくはノーウェルのことを思いついたんですけどね。給仕長のウォルターズが今朝がた話してくれたところによれば、ローズマリーは機嫌のいい日にはウィスキーの水割り、機嫌の悪い日にはソーダ割りを飲んでいた。ぼくはいざとなればウィスキーのスープ割りでも飲む連中を知っているけど、何でも自由に選べるときに、水かソーダの好みをはっきり示さない者にはお目にかかったことがない。それで、ローズマリーを名乗る二人の男がいるにちがいないと思いつき、それほど完璧な模倣ができるのは代役俳優だと気づいたんですよ。そこで《カーテン》誌のオフィスを訪ねると、さいわい、往年の名優のゴシップが専門のベリューをつかまえることができた。彼にローズマリーには決まった代役俳優がいたかと尋ねると、ノーウェルの名前と住所を即座に教えてくれました」

「みごとだ」オーツはしぶしぶ認めた。「じつにみごとな推理だよ。だがわれわれはここで何をしてるんだ？　今の話のどこが犯罪なのかね？」

「ですから、これは殺人事件なんです」キャンピオンは遠慮がちに言った。「昨日の朝、あそこの気の毒な男に誰かが一服盛ったんですよ。彼のことをローズマリーだとばかり思って、ウィスキーソーダに硫酸モルヒネを入れてね。ノーウェルはクラブで昏睡状態におちいり、外科医のフィールディングが異変に気づいて家まで送っていった。だが老人はタクシーの中で息絶えた。硫酸モルヒネのせいで高齢者に多い突発性の心停止とよく似た症状を示して。それでとくに疑問も抱かずにフィールディングはドーヴァー街のフラットで遺体を従僕に託し、主治医のフィリップソンに電話して、礼儀正しい年少の医師らしく立ち去った。ところがフラットに駆けつけた主治医は当然ながら、本物のローズマリーがぴんぴんしているのを目にすることになる。おそらくノーウェルの遺体は夜までドーヴァー街に置かれ、ミセス・ベルが寝床に入ったと思われる時間になってから、例の従僕が――たぶんローズマリーの運転手の手を借りて――ここへ運んだのでしょう。そして、いつものように二階の部屋まで付き添うふりをして担ぎあげ、そのあと立ち去ったんですよ」

「だが例の声は?」オーツは異議をはさんだ。「ノーウェルはここのおかみと言葉を交わしたんだぞ。彼女はそう言っていた」

キャンピオンはちらりと警視を見やり、「たぶん」とゆっくり切り出した。「そうした場合に備え、ローズマリー老人もここまでついてきたんです。長いことまねをしてきたせいで、ノーウェルは彼とそっくりの声をしていたはずですからね」

「だがローズマリーは九十歳近いはずだぞ」警視は叫んだ。「九十歳にして、そんな度胸があるものか？」

「よくわからないけど――九十歳まで生きるのだって、けっこう度胸がいるんじゃないのかな」

オーツはちらりとドアに目をやった。「彼女はずいぶん手間どってるな。検視局の人間でもやってきたのか……」

警視に続いてキャンピオンが階段の上の狭い廊下に踏み出すと、おりしもミセス・ベルがおもての寝室のドアを引き開け、青白い顔の男を廊下へ送り出そうとしていた。

「ほかにお話しできることはありません」老女は堅苦しく言っていた。「そちらの警察の方々にお訊きになってはいかがで――」

彼女はそれしか言えなかった。未知の男が何やら言葉にならない叫びをあげてくるりと振り向き、廊下の窓から射し込む光がその顔に当たったった。男はアーサー・マーチだった。両目を細め、ひたとキャンピオンを見すえている。こめかみには、こぶのように血管が浮きあがっていた。

「この――お節介野郎めが！」マーチはとつじょ叫んで躍りかかった。

キャンピオンはかろうじてその攻撃を受けとめた。喉に指がまわされるのと同時に、さっとひざを蹴りあげ、相手のみぞおちに命中させたのだ。マーチが階段のちゃちな手すりに倒れかかると、手すりはとつぜんの重みに大きくたわみ、ぶざまに両手を広げたマーチは下へところげ落ちていった。すかさずキャンピオンがあとを追う。

そのとき、玄関の扉をドンドンたたく音が検死局の職員の到着を告げ、この場の混乱に拍車をかけた。ほどなく、消化不良の冴えない顔色からは想像もつかない勢いで、オーツ警視が階段の上で揉み合う二人に飛びかかっていった。

それから三時間近くのち、スコットランド・ヤードの警視のオフィスに腰をおろしたキャンピオン氏は、意気込む友人を穏やかに諭していた。

「マーチを暴行容疑で逮捕するのは大いにけっこうですけどね、長くは拘束できませんよ。彼がローズマリーを殺そうとしたことや、じっさいノーウェルを殺したことをあなたは証明できないんですから」

スタニスラウス・オーツはデスクの奥に腰をおろし、チョッキの上で両手を組んでいた。見るからに嬉々としている。

「無理だと思うかね?」

「それはまあ」キャンピオンはしかつめらしく答えた。「あなたの熱意に水をさしたくはないけど、どんな決定的証拠があるんです？　給仕長のウォルターズには、昨日の朝ラウンジでマーチに会い、ローズマリー老人の飲み物を運ばせてくれと頼まれたことを証言してもらえます。マーチはご機嫌ななめだった老人と話す口実がほしいと言って、彼を説得したそうですよ。たしかに、そこをつけばチャンスはありそうだけど、法廷では大した役には立たないでしょう。あとはマーチが自分の間違いに気づき、ぼくと似たり寄ったりの推理をめぐらしてノーウェルの家にたどり着いたことを申し立てる手もある。彼がぼくに襲いかかったことは証明できますしね。でもあなたの論拠はそれだけだ。彼は無罪放免になるでしょう。結局のところ、マーチがなぜローズマリーを殺したがったりするんです？　あの老人の孫娘が彼と結婚しようとしなかったからですか？」

「それはきみが考えてるほど突飛な話じゃないんだよ」オーツは慈愛に満ちた口調で言った。「じつのところ、もしもデニーズ・ウォーレンがアーサー・マーチと結婚していれば、あの老人は決して襲われなかったはずだ」

キャンピオンにまじまじと見つめられ、警視は満足げに先を続けた。

「以前、わたしの昇進祝いに肉料理屋で一緒に食事をしたのを憶えてるかな？」

「憶えてますとも。あなたはえらく酔っぱらって、こっちの分まで恥をさらしてくれましたよね」

「とんでもないぞ」オーツは憤然とした。「こちらは鋭い観察眼を働かせつつ、情報提供に励んでたんだ。ミス・ウォーレンがローズマリーの旧友の孫息子との婚約を解消するのを観察しながら、きみにある事実を告げようとしたのに、そちらが耳をかたむけようとしなかったんじゃないか。わたしがきみたち素人はじゅうぶんなデータを集めないと言ったのを憶えてるかね？　わたしが会社法について話そうとしたのを憶えているか？」

「思い出しましたよ」キャンピオンは認めた。

警視は口調をやわらげた。

「きみは中小企業の一部に、生命保険を担保に融資を受ける手法が広まってるのを知ってたか？　もっぱら資金調達を目的として、社員に多額の生命保険をかけるんだ」

「ええ、聞いたことはあります。でも普通は被保険者になるのは役員の一人なんじゃないかな？」

「そうとはかぎらない。肝心なのはそこだ」オーツは満面の笑みを浮かべた。「役員の中に目ぼしい候補者がいない場合は、しばしば下っ端社員に保険がかけられる。そしてときには、たまたま健康そのもので、いわゆる〝低リスク〟とみなされた完全な部外者が選ばれるのさ。そこでだ、キャンピオン……」オーツはデスクの上に身を乗り出した。「六十数年まえに、〈アレン・マーチ父子商会〉が――当時はアーサーの曾祖父にあたるアレンと祖父の初代サー・ジョシュアが役員だったわけだが――経営不振におちいったとき、彼らは借入金の担保にするために六万ポンドの保険に入ろうとした。だがアレン・マーチは高齢だったし、息子のジョシュアは心臓に持病があった。なにぶん高額の保険だから、掛け金をできるだけ安く抑えるために、誰か低リスクの人間が必要だったんだ。ローズマリーはジョシュアの友人で、当時はなかなか得がたい候補者だった。すばらしく健康で、酒や煙草はたしなむ程度、おまけに抜群の宣伝価値がある」

オーツが言葉を切ると、キャンピオンはうなずいた。

「続けてください。ちゃんと聞いてます」

「というわけで、〈マーチ父子商会〉は、当時はまだ新興企業だった〈相互保障生命〉に話を持ちかけた。あそこは派手な広告を打った最初の保険会社のひとつだったから、宣伝のために異例に低い掛け金で六万ポンドの保障をつけることに同意した。もちろん、ローズマリーが健康そのものだったこともあるがな。ローズマリー自身も一肌脱ぐことを承知した。すなわち、マーチ親子の窮状を救うため、友情のために被保険者になることにしたんだ。だが一種のジェスチャーとして、ある条件をつけた。『もしもおれが九十歳まで生きたら、保険金の受領権はこっちにもらうぞ』と。その時点ではただのジョークだったんだ。いくら体格がよくても、ヴィクトリア時代の人間がそんな年齢まで生きることはまずなかったし、どのみち、みなの関心は当面の融資にあったんだからな。彼らは合意し、署名入りのしかるべき書類が作成された」

「〈マーチ父子商会〉はその保険をずっと解約しなかったんですか？」

「ああ、そうだ」警視はキャンピオンの顔を見守りながら続けた。「おそらく、それを担保にして借りた金を完済する目途がつかなかったか、あるいは、もう二度とそんな有利な契約は結べないと踏んだのだろう。ともあれ、これできみにも事情が読めただろう。そっちが耳をかたむければ、これはみなとっくの昔に話してやっていたんだぞ。まったく見えすいた事件じゃないか」

キャンピオンは両目をぱちくりさせ、やがてようやく切り出した。「じゃあ、ローズマリーが九十歳の誕生日を迎えずに死ねば、六万ポンドの残りは〈マーチ父子商会〉のものになるはずだった。だがローズマリーが明日まで生きれば、それは彼の資産としてデニーズ・ウォーレンに受け継がれるというわけか」

「明日がその九十歳の誕生日なんだな?」とオーツ。「マーチはぎりぎりまで待ったんだ。たぶんあの孫娘とよりをもどし、彼女を通して金を手にできることを期待して。さてと、何か言いたいことはあるかね、きみ?」

「ありません」キャンピオンは愛想よく言った。「ただし、それは会社法の話じゃないでしょう。むしろ保険の話に聞こえますがね」

オーツは肩をすくめた。「そのとおりかもしれない」と受け流し、「わたしは字引じゃないし、夜学にも行ってないからな。それでも」と、含み笑いをして言い添えた。「われわれプロは、やっぱり自分たちは捨てたものじゃないと思いたいのさ。きみたち素人もときにはそれなりに役立つが、地道な調査にかけては、常にこちらのほうが上手《うわて》だと」

キャンピオンはにやりと笑みを浮かべた。

「たしかに、あなたはそう信じてるようですね」

懐かしの我が家

The Case of the Pro and the Con

モンテカルロの広場の冷たい陽射しをあとに、カジノの薄暗いロビーのぬくもりの中に足を踏み入れたアルバート・キャンピオン氏は、素朴で気のよさそうな一人の女の顔を目にして、ふと、よだれの出そうな料理を思い浮かべた。理由はすぐにはわからなかった。

彼はしげしげと女を眺めまわした。がっしりとした堂々たる体格で、これが田舎の教会のバザーか何かなら、さぞしっくりと風景の一部になっていただろう。だが社交シーズンもたけなわのコートダジュールで、遅い午後の国際色豊かな人ごみの中にたたずむ彼女は、蠟細工のランの花束に紛れ込んだ野生のタンポポのように場違いだった。

彼女のほうはこちらに気づかなかったので、キャンピオンはそのまま歩を進め、いつもの型どおりの手続きをすませると、ぶらぶら〈大広間《グランド・サル》〉に入っていった。ゲーム台には近づかず、ひょろ長い身体を柱の陰に隠してしばらくあたりの様子を見守った。彼にとってはおなじみの、それでいて、何度見ても胸躍る光景だった。例によってその場の大半を占める旅行者や裕福な常連客にまじって、プロの賭博師や必勝法を探るのに夢中のギャンブラーたち、それにもちろん、欲の皮を化粧で覆い隠した少々不気味な正体不明の老女たちがいる。

だがキャンピオンが興味津々で親しげに見入るのは、それとはべつの人々だった。室内のそこここに、見憶えのある顔がある。白髪《しらが》まじりの髪をした堂々たる物腰の女に目をとめ、彼は眉をつりあげた。ミセス・マリー・ピーラー、別名エドナ・マリー・ジェームズ、またの名をリーシュシャン＝リジュー伯爵夫人がもうホロウェー刑務所を出たとは知らなかったのだ。

ほかにも興味深い人々がいた。いかにも海軍の軍人らしい、あざやかな青い目をした大男がバカラのゲーム台のひとつに向かい、そのかたわらにはたいそう愛らしい娘とその父親がかけている。キャンピオンは父娘《おやこ》に同情の目を向けた。彼らにあの男との法外な交際費をまかなえるだけの財力があればいいのだが。

そうしてしばし、ひそかな〝悪党捜し〟のゲームに興じたあと、彼はディグビー・セラーズの姿に気づいた。両手をポケットに突っ込み、注意深く伏せたまぶたの下から油断ない目で左右をうかがいながら、ぶらぶら部屋を横切ってくる。公平に見て、いくら三流の詐欺師でも技術的には失格だろう。控えめな服装にもかかわらず、一目で正体が見てとれる。まったく信用ならない、うさんくさいちんぴらそのものだ。キャンピオンは人材のひしめく業界でセラーズが成功していることに驚嘆し、彼と一緒のはずのもう一人の男はいないか周囲を見まわした。

その男――タビー・ブリームとセラーズは長年、手を組んできたので、欧米両大陸の警察からも分かちがたいコンビとみなされていた。キャンピオンの知るかぎり、一般的にブリームのほうが犯行の知的主導者と目されている。だが今のところ彼の姿は見あたらず、あの温厚な笑顔の、人あたりのいい、みごとな押し出しの男が妙に懐かしく思えた。

キャンピオンはとつぜん、セラーズをもっと間近で観察したいという衝動に屈した。柱の陰から静かに離れ、セラーズを追ってロビーへ続く両開きのドアをくぐり抜けたまさにそのとき、彼が例の素朴で分別のありそうな顔つきの女に肘鉄を食らうのが見えた。キャンピオンが現場に着いたときには、女のふくよかな顔は慎ましい怒りに燃え、うろたえたセラーズはそそくさ立ち去ろうとしていた。

「あんたなんか知らないし、知りたいとも思わないわよ」女は遠ざかる詐欺師に向かって言った。

　その声と赤く染まった頬が、キャンピオンの混乱した頭にはたと記憶を呼び覚ました。ただし、このまえ会ったときにはあの頬の赤みは、困惑ではなく熱気のためだった。

「なんだ、ローズじゃないか」とキャンピオン。

　女は振り向いて彼をまじまじと見た。

「まあ、こんにちは、旦那様」ほっとしたような声だった。「ここは国とはひどく勝手がちがいますのね」

「うん、まあね」彼は言葉を濁した。相手はマーガレット・バンティングワースのサフォーク州の屋敷の貴重な料理人だ。それが一人でモンテカルロのカジノにいるのは奇妙なことに思えたが、そう口にすれば無礼になりかねないと、あやういところで気がついたのだ。

　ローズのほうは、おしゃべりしたがっていた。

「五分もすればアリスが迎えにきてくれます」内緒話でもするように声をひそめ、「入場料を払わなきゃならないから奥までは行かなかったけど、いちおう建物の中に入っておけば、国へ帰ったときカジノに行ったと言えると思って」

キャンピオンの驚きはさらに深まった。

「アリス？　それはおたくのハウスメイドじゃなかったか？　へえっ、彼女もここにいるのかい？」

「あら、そうですよ。みんなで来たんです」ローズは落ち着きはらって答えた。「あたし、アリス、奥様とミス・ジェーン。みんなで〈ホテル・ミモシータ〉に泊まってます。旦那様が訪ねてくだされば、きっと奥様は大喜びですよ」

すっかり好奇心をかきたてられたキャンピオン氏は、さっそく〈ホテル・ミモシータ〉へ足を運んだ。

マーガレット・バンティングワースは比喩的な意味のみならず、文字どおり両手を広げて彼を迎えた。丸々した肘のわきに置かれたカシス風味のベルモットと真うしろにすわったアメリカ人の男をあやうくひっくり返しそうになりながら、テラスの柳細工の椅子から立ちあがると、彼女は母親のようにキャンピオンを抱きしめた。

「あらまあ！」例によって、支離滅裂にまくしたてはじめた。「ああ、アルバート！　びっくりした！　いいからすわって、一杯おやりなさい。ほんとにすてきなところよね！　でも、いったいどうしてあなたがここに？　何もかも信じられない話じゃなくて？　やっぱりラウンジへ入りましょう。そのほうが涼しくて、不潔なハエもいないし、これほど人でごった返してないわ」

　ちょうど昼寝時の今、視界に入る人間といえば例の大柄なアメリカ人だけで、当の御仁は傷ついたように彼女を見あげていたが、キャンピオンはさっさと屋内に連れ去られた。

　四十五歳のマーガレットは生まれながらの金髪をした、ふくよかで陽気な、根っからの田舎女だった。キャンピオンの目には、〈ミモシータ〉の華やかなラウンジで小さなテーブルの向こうにすわった彼女は、いまだに大人になりきっていない少女のように見えた。明るい青緑色《チャイナブルー》の瞳を無邪気な興奮に躍らせ、豊かな胸の上のひだ飾りには、海辺のそこらじゅうで売られているみやげ物のちゃちな珊瑚《さんご》のブローチが留めつけられている。

「ほんとにわくわくするわ」マーガレットは言った。「ここにはずっと来たいと思いながら、じゅうぶんなお金がなかったの。昔はよくモーティとモンテカルロのことを話したものよ」そこで言葉を切り、眉をひそめた。「今ここにモーティがいればねえ」彼女は思いつくままに続けた。「彼ならどうすればいいか、すぐに教えてくれるのに。でもまあ、わたしたちはもうここにいて、お勘定は週末まで支払いずみなんだから、何も心配はないはずよ。ほんとに、あなたに会えるなんてすてきだわ」

キャンピオンは両目をぱちくりさせた。これまでずっと、今は亡きバンティングワース氏の洗礼名は〝ジョージ〟だとばかり思っていたのだ。だがマーガレットのことだから、頭の中であっさり夫を改名することぐらいはやりかねない。そうでなければ、目下お気に入りの小説のヒーローのことでも言っているのだろう。とはいえ、何かの苦境らしきものがうかがえたのは気になった。マーガレットは一人で苦境に対処させておけるたぐいの女性ではない。

「何かあったんですか？」キャンピオンは探りを入れた。「莫大な遺産でもころがり込んだとか？」

「まさか。そんなすごいことじゃないのよ」青い瞳がつかのま曇り、ふたたびキラキラしはじめた。「いえね、屋敷を人に貸したの――とてもいい条件で」

キャンピオンは戸惑いを顔に出すまいとした。

「まさかあの〈燕荘《スワローズ・ホール》〉じゃないですよね？」気づいたときには、そう口にしていた。

マーガレットは笑った。「まあ、アルバート、わたしの持ってる屋敷はあそこだけよ。すてきな古い家だけど、冬は恐ろしく寒いし、もちろんどこからも遠く離れているわ。今は手入れも必要だしね。ほら、近代化っていうの？　あれこれ配線しなおしたり、セントラルヒーティングにしたり。だからその人たちに借りてもらえて大助かりよ。彼らはその場で三百ポンドの頭金をくれて、週末にさらに三百ポンド払うと言ってくれたの。もちろん、わたしはその話に飛びついたわ。あなただってそうするでしょ？」

角縁《つのぶち》眼鏡の男はあっけにとられて彼女を見つめ、

「六百ポンド？」と力なく言った。「あそこを売ってしまったんだ……」

「いいえ、貸しただけ」マーガレットは晴れやかに微笑んだ。「一週間につき五十ポンドで三ヶ月だけ貸したの。けっこうな話でしょ？」

「信じがたい話です」キャンピオンは単刀直入に答えた。「そんなことができるなら、あなたは商務省の長官にでもなるべきですよ。何か落とし穴があるんじゃないのかな」

「そうね、わたしも気にはなってるの」マーガレットの今も愛らしい顔に憂慮の色が広がった。「残金がまだ送られてこなくて、予定より一週間ほど遅れてるのよ。モーティがここにいればねえ。彼ならこんなときに送るのにぴったりの電文を教えてくれるわ」

キャンピオンはまだよく理解できずにいた。

「あのう――言ってはなんだけど、サフォーク州のあのあたりの賃貸料は概して安めなんじゃないですか？」

「知ってるわ」マーガレットはにっこりした。「そこがすてきなところなの。その人たちはある日ひょっこりあらわれて、三百ポンドも払ってくれたのよ。その上、あなたは休暇を取るべきだし、自分たちには使用人は必要ないと言ってね、こちらがどこへ行けばいいのか考えあぐねていたら、とつぜんここのスイートルームに泊まればいいと言い出したの。せっかく予約したのに、行けそうにないからって。途方もない話だったけど、ローズとアリスはこれまで一度もまともな休暇を取らずに長年わたしに仕えてくれたのよ。それでわたしは〝まあ、いいか〟と胸に言い聞かせ、みんなでここへ来たというわけ」

「ちょっと待った」キャンピオンは頭が混乱しはじめ、ぶつぶつ言った。「誰がスイートルームを予約したって？　誰がそこへ行けなくなったんだ？」

「もちろん、〈燕荘〉を借りた人たちよ」マーガレットは落ち着きはらって答えた。「ミセス・セイクレットとかいう人とそのご主人。ご主人のほうには会わなかったけど。ぜんぶ彼女とわたしの二人で取り決めたの」

長い間があったあと、マーガレットが目をあげた。いつもの気楽な表情からは想像もつかない鋭さが顔をのぞかせている。

「ねえ」彼女は言った。「あなたには何もかも、少々うさんくさく思えて？　じつはわたしも、いざここに来てみるといやな感じがしはじめたんだけど、ずっとそのことは考えないようにしていたの。ミセス・セイクレットはとても感じのいい、裕福で親切そうな人に見えたわ。それにこちらはうんざりしてた。今の収入ではあの家を維持するのが精いっぱいで、何の楽しみもなかったの。なにしろ恐ろしく寒くて、信じられないほど退屈で。だからその話にすっかり舞いあがり、ここに来るまできちんと考える余裕がなかったの。彼女が家を見にきて一週間もたたないうちに、わたしたちはここに着いていたのよ。でもやっぱり奇妙に思えてきたわ。誰であれ、あの冬の〈燕荘〉に埋もれていたがるなんて、ひどくおかしな話よね。ほんとに、モーティがいてくれればねえ」

キャンピオンはどうにか気持ちを引き立てようとした。

「でもまあ、三百ポンドはもらえたわけですし」

マーガレットは彼をまっすぐ見つめ返した。

「わたしに言わせれば、それがいちばんうさんくさいところよ」彼女はキャンピオンがひそかに抱いていた意見をそっくりそのまま口にした。「だから言葉にできないほど悩んでいたの。もちろん、あの家には高価なものはない、わざわざ盗む価値のあるものなんかないはずよ。それに、埋もれた財宝なんかが隠されてるとは思えないしね。ねえアルバート、あなたは警察とかかわりが深いわ。もしも誰かに相談できるとすれば、それはあなたよ。かりにあの人たちがまともな人間じゃなかったとして、〈燕荘〉なんかで何をする気なの？」

キャンピオンはしばし無言だった。彼の脳裏にはふたたび、いちばん近い村からでも六マイルは離れた森林地帯にたたずむ、ただっ広いチューダー様式の屋敷が浮かびあがっていた。隙間風と湿気で寒々とした冬場のそこを想像しながら、彼はぼんやりマーガレットを見つめ返した。

「見当もつきません」

マーガレットは眉をひそめた。「やっぱり、あそこを貸したりすべきじゃなかったんだわ。でもあちらはどうしても借りる気だった。最初はきっぱり断ったけど、あきらめてもらえなかったの。ミセス・セイクレットはここしかないと言い張って、どんどん借り値をつりあげたから、こちらも承知せざるを得なくなったのよ。どうしよう？　こんな遠くに来てしまって」

キャンピオンはにっこりし、それからついに答えた。「ぼくはもうすぐ国へ帰ります。ちょっと仲間とクルーズをして、サンレモでヨットをおりたんですよ。ニースから朝の飛行機に乗るつもりで。何なら、ぼくがちょっと偵察してみましょうか？」

マーガレットは子供のように安堵をあらわにした。

「まあ。そうしてもらえたらねえ！　あなたはすごく頭がいいんですもの、アルバート。モーティをのぞけば、あなたはむずかしい状況にうまく対処できるわたしの唯一の知り合いよ。いつぞやあそこの屋根が雨漏りした晩も、あなたがどんなにすばらしかったか憶えていて？」

キャンピオンはその賛辞を慎み深く無視した。

「ところで」彼は言った。「そのミセス・セイクレットですが、どんな感じの人でした？」

マーガレットは考え込んだ。「ええと、けっこう感じがよくて、年齢《とし》はわたしと同じぐらい。黒っぽい髪と目をした、小柄な品のいい人よ。額がすごく広いの」

キャンピオンの顔から表情が消えた。

「ひょっとして、片目がほんのわずかだけ、愛嬌がなくもない程度の斜視じゃなかったですか？」彼は静かに尋ねた。

マーガレットはぽかんと口を開いた。「どうしてわかったの?」

キャンピオンは答えなかった。ではよりにもよってドロシー・ドーソンが〈燕荘〉にいるわけか、と考えていたのだ。ドロシー・ドーソンは以前からタビー・ブリーム夫人と目されてきた女だ。そしてタビー・ブリームの相棒のディグビー・セラーズは、このモンテカルロでマーガレット・バンティングワースの料理人につきまとっている。何やらいわくありげな話だ。

マーガレットはホテルの玄関まで彼を送ってきた。

「不思議なのは、あのセイクレット夫妻が食わせものだったとしても、〈燕荘〉でいったい何をするつもりかという点よ」彼女は最後にふたたび、そう言った。「結局のところ、あそこでどんな利益が期待できるの?」

「まったく、どんな利益でしょうね?」キャンピオンはオウム返しに言った。そして、まさにその問題を解明すべく、帰国した翌朝にふらりとスコットランド・ヤードを訪ねたのだった。

スタニスラウス・オーツ警視は親しみのこもった辛辣《しんらつ》なユーモアで彼を迎えた。

「セラーズとブリーム?」みごとに整理整頓されたデスクの奥で固い椅子の背にもた

れ、「詐欺師のコンビだな？　だったらベイカーに訊くといい。呼んでみよう」

インターホンで用件を伝えると、警視は笑みを浮かべて訪問者に目をもどした。

「近ごろ、えらく忙しげじゃないか。きみの友人たちはみな、いずれは厄介事に巻き込まれるとみえるな。そういう友人ばかり選んでるのか、それともおめでたい連中を自然と引き寄せちまうのかね？」

「どっちでもありません。ぼくは世話好きなんですよ」キャンピオンは謙虚に説明した。「それにほら、蛇の道はヘビですから」

「ああ、だがこっちはそれでちゃんと給料を取ってるぞ」オーツはドアに目を向けた。「やあ、ベイカー、こちらはキャンピオンさん。スリルを味わうために自ら災難を招いてる男だ」

室内にあらわれたベイカー警部は、がっしりとした生真面目そうな若者だった。キャンピオンに手厳しい目を向けながらも、役立ちたくてうずうずしているようだ。

「あの二人はしばらく別行動を取ってるはずです」ベイカー警部は手にしたタイプ書きの書類にちらりと目をやった。「セラーズは二週間まえにカナダからもどり、三日後にふたたび出国。ブリームのほうはここ半年ほどロンドンにいて、メイダ・ヴェールのフラットに住んでいました。例のドーソンって女が一緒です。もちろん、こちらは通常どおり監視を続け、担当者の一人によれば、一ヶ月ほどまえには何かのたくらみが進行中のようでした。しかしカモが危険に気づき、結局、何も起こらなかった。最近になって二人は姿を消し、残念ながら行方はつかめてません。わたしが見るに、彼らはあせりはじめてたんでしょう。ブリームは快適な暮らしを好み、たいていはちょっとした賭けの元手を必要としてますからね。資金が底をつきかけたってところです」

キャンピオンが自分の集めたセラーズとブリームについてのささやかな情報を伝えると、二人の警官たちは注意深く耳をかたむけた。

「人里離れた屋敷？」ややあって、オーツが言った。「人里離れた、広めの屋敷なんだな？」

「たしかに人里離れた、かなり広めの屋敷だけど、冬に行きたいような場所じゃありません」キャンピオンはしみじみと答えた。

「それでも、かつては立派な家だったのですね？」とベイカー警部。「しばらくまえなら、ちょっとした価値があったのでは？」

キャンピオンにはまだ話の流れがつかめなかった。

「そうだな。もちろん、あのあたりの不動産は近ごろ価値が暴落してるけど、最盛期なら一万五千から二万ポンドはしたかもしれない。しかし、よくわからないんだが――」

警部は上司と目を見合わせた。

「また例の〈懐かしの我が家〉のようですが」

「たしかに、そんなふうに思えるな」オーツは考え込んだ。それから不意に、「セラーズだ！」と叫んだ。「そうとも。むろん、セラーズがカナダから帰国したときの船でカモに出会ったのさ。やつとブリームとあの女は、休暇シーズンのモンテカルロで手を組む予定だったのだろうが、セラーズが帰国したときには船上で思いついたこの計画の手筈がすっかりととのってたんだよ。ブリームとドロシーがバンティングワース夫人をまるめ込んでその予約ずみのホテルに送り出したのは、ほかに彼女を確実に遠ざけておく方法がなかったからだろう。セラーズが彼女のあとを追って監視する役になったのは、当然、彼が屋敷に姿を見せるわけにはいかなかったからだ。今はブリームとドロシーが屋敷にいて、まさにことが進行中にちがいない」

キャンピオンは来客用の椅子の背にもたれ、ひょろ長い脚をのばした。

「じつに興味深い話だけど」彼は穏やかに言った。「さっぱりわけがわからない。〈懐かしの我が家〉って、正確には何を意味するんです？」

「おっと、ついにキャンピオンの知らないことがあったぞ」オーツの陰気な顔がぱっと輝いた。「きみが話してやれ、ベイカー。この男が学ぶところを見物したいんだ」

ベイカー警部は訪問者にひたと冷ややかな目を向けた。

「ええと、つまりですね、キャンピオンさん。海外で成功を収めた人間は往々にして、いくらかかっても昔の我が家を買い取るつもりでこの国へ帰ってくるんです。そしてときには愚かにも、そのことを船上で吹聴《ふいちょう》し、狡猾《こうかつ》な悪党に詳細を聞き出されてしまう。悪党のほうはだいたい航海中に相手の懐《ふところ》具合を値踏みして、一芝居打つ価値があるかどうかを見きわめるわけです。そして価値ありとなれば、共犯者にその家を押さえさせておく。ときには二束三文で買い取ったりもするし、ときにはたんに借りるだけだが、とにかく、そこを確保するんです。彼らは常に本物の金持ちを慎重に選んでるから、あとは思い切り値をつりあげて大儲けすればいい。もちろん、家を買ってある場合は犯罪じゃありません。ですが今回のケースは借りただけだとすると、登記書の偽造か何かをやらかすことになるでしょう」

キャンピオンが押し黙ったままなのを見て、オーツは声をあげて笑った。

「人類の邪悪さと独創性について考え込んでるんだな？　まったくそれにはわたしもときおり驚かされるがね。まあきみ、地元の警察に行ってみることだ。むろん、買い手がじっさいに金を支払うまではどうにもできんが、いずれは地元署の連中かわれわれがブリームとドロシーをしょっぴくことになるだろう。まあせいぜい、お役に立たせてもらおうじゃないか。何かほかに知りたいことはあるかね？」

「ええ――ありそうです」キャンピオンはゆっくりと答えた。「もちろん、おっしゃるとおりなんだろうけど、ひとつだけどうも腑に落ちない点があってね。いずれ話しますよ。では講義をありがとう。すごく勉強になりました。あちらからもどったらまた会いましょう」

「おい、キャンピオン――」オーツはドアにたどり着いた友人を呼びとめ、真剣な口調で言った。「ブリームには用心するんだぞ。追い詰められたときのあいつは危険だ。手段を選ばんところがあるからな」

「ご心配なく」キャンピオンはにっと笑みを浮かべた。「ぼくは何より自分の命が大事な男ですから」

オーツはうなった。「怪しいものだ。だがまあ、わたしが警告しなかったとは言わせんぞ。じゃあな」

フラットにもどったキャンピオン氏は、思いがけない訪問者に引きとめられた。翌日もまた避けがたい遅延が生じたため、ようやく馬鹿でかい愛車のラゴンダを〈燕荘〉の草深い私道に乗り入れたのは、帰国して三日目の午後のことだった。

夏にはいとも愛らしい薔薇の蔓《つる》が絡みつく黒い木組みと白壁の細長い平家は、一月なかばの今は少々荒れすさんでいた。家畜が放されていないちっぽけな庭園もわびしげで、鉄柵のそこここが倒れ、黄色い草がぼさぼさにのびている。

玄関へと続く苔むした小路をゆっくり進んでいると、正面の窓のカーテンがさっとおろされるのが見えたような気がした。呼び鈴を鳴らすと、やけに即座に反応があり、ぱっとドアが開くやいなや、彼はほかでもない、ドロシー・ドーソンを見おろしていた。

彼女は役柄にぴったりの身なりをしていた。田舎風のツイードのスーツは上質だが着古され、化粧も素顔に近いほど控えめだ。彼の顔を見あげた両目がちらりと揺らぐのが見えた。

キャンピオンが彼女の待っていた相手でないのはあきらかだったが、正体に気づかれたのかどうかはわからなかった。ドロシーは用件を尋ねるような、礼儀正しい表情のままだ。

「セイクレット氏はおいでですか？」キャンピオンは尋ねた。

「はい。どうぞこちらへ。主人を呼んでまいります」

ドロシーは静かな声で言い、彼をすばやく屋敷の古ぼけた客間に案内した。少々意外ななりゆきだった。彼女はあわてたそぶりこそ見せなかったが、すべてがきわめて異例の速さで進められ、キャンピオンはかつて記憶にないほど滞りなく訪問先の家の奥に通されていた。彼はちらりと腕時計を見た。三時ちょっとまえだ。

と、外のホールの床石をすたすた踏みつける足音がして、仕切りカーテンのリングがぶつかり合うかすかな音とともにさっとドアが開いたかと思うと、タビー・ブリームが室内にあらわれた。

こぎれいな黒っぽいスーツの上の丸々した白い顔は気取りかえった善意にあふれ、頭の真ん中で分けて左右に撫でつけられたいつもより長めの髪が、〝敬虔な地元の名士〟といった全体的なイメージを少なからず補強している。

ブリームはドアの内側で足をとめ、芝居がかった驚きを示した。

「おや、キャンピオンさんじゃないですか。詮索好きで人なつこい、あのキャンピオンさんとはね！　家内はたぶんそうだと思うけど、自信がないと言っていた。やれやれ、よりにもよってこんなときに訪ねてこられるとは参りましたな」

鼻にかかった声は少々しゃがれているが、耳触りは悪くない。そうして話しているあいだじゅう、ブリームは小さな隙のない目を部屋のそこここに向けていた。窓の外、そして訪問者の顔。背丈ではキャンピオンに劣るものの、左右の肩はたくましく、首もがっしりとしている。

「参りましたな」ブリームはくり返した。「何とも間の悪いことだ。ちなみに、あんたはじっさい警察の関係者ってわけじゃないんでしたな、キャンピオンさん？　こんな言葉を使ってよければ、たんなる好事家《ディレッタント》で」

キャンピオンは肩をすくめた。

「ぼくはバンティングワース夫人の旧友なんだ。それが今ここにいる唯一の理由だよ」

「ほほう！」ブリームは小さな丸い目を見開いた。「いやはや、それは興味深いぞ！で、彼女とは知り合って長いのですかね、キャンピオンさん」

「子供時代からの知り合いだ」

「では三十年か、もっとまえからの？」ブリームはむっちりした両手をこすり合わせた。「それはまずいな。まったく、これ以上ないほどまずいことになったぞ。あんたはまるで信用ならない上に、もう時間がろくにないときた。じっさい――」懐中時計用のポケットへとつながる鎖を引っ張り、「少しもぐずぐずしている暇はない。ええと、きっかり一分か。両手を挙げろ、キャンピオンさん！」

それは初めて目にするトリックで、キャンピオンにとっては大きな教訓になりそうだった。手品のようにすばやくなめらかな動きで、忌まわしい短銃身のコルトが丸っこい白い手に握られ、そこから一見無害な鎖がたれ下がっている。

「きみは大変な間違いを犯そうとしてるぞ、ブリーム」キャンピオンが切り出すと、相手はぴしゃりとさえぎった。

「いいから手を挙げろ。時間の問題なんだ。さあ、挙げろ」

これでは従う以外ない。キャンピオンは両手を挙げた。

「では、うしろを向いてもらおう」思わぬ冷酷さをたたえたよどみない声は満足げだった。「悪いが客間にいられちゃ困るんだ。大事な客が来るんでね。彼は三時に着くはずだ。そら、ドロシー……」

ドロシー・ドーソンが部屋に入ってくる音は聞こえなかったが、肩甲骨のあいだに物騒なコルトの銃口を押しつけられたまま、キャンピオンは、気づくと彼女に背中のうしろで両手を縛られていた。やわらかい撚《よ》りひもが容赦なく肉に食い込む感触からも、手慣れた要領のよさがうかがえる。彼は勇気を奮って彼女に賛辞を述べた。

「おしゃべりは遠慮してくれ」ブリームの息がうなじに吹きかかり、リボルバーの銃口を押しつける力がわずかに強まった。「さあ、こっちだ。例のバスケットが入れてある納戸だよ、ドロシー。湿っぽい穴倉だがね、キャンピオンさん、なにせあんたは招かれざる客だ。さっさと歩いてもらおうか」

キャンピオンはマーガレットが庭仕事用のバスケットをしまっている、ホールの反対側のかつての配膳室に押し込まれた。じめじめした、ネズミ臭い小部屋だ。

片足が煉瓦の床に触れるやいなや、背後の男が躍りかかってきた。野蛮きわまる不当な攻撃に、キャンピオンは身を守る間もなく、丸太のように暗闇の中にころがった。夢中で足を蹴り出したが、あえなく拳銃の床尾《しょうび》でこめかみを殴られ、意識を失った。

ほどなく意識がもどったときには、左右の足首も痺れるほどきつく縛られ、口には丸めた紙が詰め込まれていた。さらにその上から、息が詰まるほどきつくハンカチの猿ぐつわがかけられている。

「タビー、彼がきたわ」

ホールに向かって開かれたドアの外で女がささやき、ブリームの答える声がした。

「じゃあ、中に通しておいてくれ。おれはちょっと身なりをととのえてくる。まったく、この救いがたい阿呆はまずいときに訪ねてくれたよ」

配膳室のドアが閉まり、そっと鍵がまわされて、パタパタと小走りに家の奥へ向かう足音が聞こえた。キャンピオンはじっと横たわっていた。さきほど受けた一撃の効果がさっぱり薄まらず、すっかり正気にもどったと確信できるまで、このがんじがらめの束縛に抵抗する気になれなかったのだ。

さしあたり、興味を惹かれることはいくらでもある。ホールのずっと向こうで玄関のドアの開く音がした。新来の客は、あきらかに声を低めようと努力しているにもかかわらず、それがまるで功を奏していないようだ。練兵場の号令とは言わないまでも、いたって軍隊風のその声は、古い屋敷の隅々に響き渡ってガラスをカタカタ震わせた。

「セイクレット夫人ですな？　小生の手紙は読まれましたか？　いや、ありがたい。先ごろ帰国したばかりでね。むろん、懐かしの我が家に再会したい一心でやってきました。少しも変わらん、まったく同じだ。ありがたいことに、床石ひとつ変わっとらんぞ」

ここで未知の男は洟《はな》をかんだとみえ、キャンピオンは我が身のいちじるしい苦痛も忘れ、はっと目を丸くして、耳をそばだてた。ある種の英国人男性の所作は、ほかの者たちには決して模倣できない。下手にまねれば、信じがたいほど滑稽《こっけい》になってしまうのだ。ディグビー・セラーズがつかまえたカモをこの目で見られたら、とキャンピオンは考えた。あの一種独特の鼻嵐は本物らしく聞こえたが、それではオーツ警視を訪ねて以来、ずっと不審に思えていた点はどうなるのだろう？　そもそも自分が〈燕荘〉に駆けつけ、目下の苦境に飛び込んだのも、そこが気になったからなのだ。

いっぽうドアの向こうでは、ガイドつきの屋内周遊ツアーが開始されたようだった。訪問者のとどろくような声、それにときおりはさまる女の低い話し声、ブリームがまれに発するきざったらしいだみ声が、途切れ途切れに家のあちこちから聞こえてくる。常に訪問者の言葉の趣旨は同じだった。

「変わらん、少しも変わっとらんぞ。よくここで遊んだものだ。幸福な……幼い日々……子供時代に。いや、馬鹿みたいですな。だが感無量だ、じつに感無量」

キャンピオンは一人、バスケット置き場でひもと格闘した。両手と足は痺れて感覚がなく、猿ぐつわのせいで息が詰まりそうだった。何とも苦しく、腹立たしい体験だった。音をたてようとすることさえままならない。まったく自由に動けない上に、さきほど殴られたのと空気が不足しているせいで、すぐに気が遠くなってしまうのだ。

そうこうするうちに、一行は庭へ出ていったようだった。薄板と漆喰《しっくい》の壁を通して、くぐもってはいるが、まだはっきりと訪問者の声が響いてくる。話のところどころが聞き取れた。

「二日ほどイプスウィッチに滞在し……いや、じっくり考えてみんことには……かなりの額だし……修理が必要だ。ところで、以前の所有者をご存じかな？　え？　何ということだ！」

あとには長い沈黙が続いた。それを破るものといえば――キャンピオンにとっては――左耳のそばの壁板を引っ掻くたいそう不快な音だけだ。彼は頭の中でそっと毒づき、両目を閉じた。

次に意識がもどったのは、一時間ほどして、ドアが用心深く開かれたときだった。ホールのかすかな明かりを背に浮かぶ、角ばった頭と肩のシルエットが見えた。

「そろそろこっちのお客さんのことを考えんとな、ドロシー」こびるようなブリームの声は、何やら期待に満ちていた。「さてと、キャンピオンさん、快適におすごしかな？」

彼はそっと小部屋に足を踏み入れると、器用にキャンピオンの腕の端を踏みつけ、踵《かかと》をぐいと肉に食い込ませた。じっと動かずに耐えたキャンピオンの努力は報われた。

「ドロシー！」とブリームの鋭い声。「ちょっと来てくれ。明かりを持って」

「えっ、どうしたの？　何があったの？　そいつを殺しちまったんじゃないだろうね？」

「そんなことしたらやばいだろうが、え、お嬢ちゃん。こいつは警察の古いお友だちなんだぞ」

ずぶとい声には笑いがにじんでいたが、必ずしも楽しげな響きではない。

「まあ、やだ」女のほうは心底、怯えているようだった。「まったくあんたはどうかしてるよ。あんなに殴ることはなかったのに。人を殺したりしたら――」

「いいから黙れ。こいつをここから出すのに手を貸してくれ。ちゃんと生きてるさ」

彼女と二人がかりでキャンピオンをホールに引きずり出すと、ブリームはかがみ込んで彼の口から猿ぐつわをむしり取り、女のほうが水の入ったグラスを持ってきた。キャンピオンはそれを飲み、彼女に弱々しく礼を言った。

それを聞いてブリームはくつくつ笑った。

「いいぞ、その調子だ」大きな湿った両手で上着のわきを撫でおろし、「何もかも、ひどく不運だったのさ。こともあろうに大事な客を、こんな目に遭わせるはめになるとは残念だがね。みんなそっちが悪いんだぞ。よりにもよって、こんな間の悪いときに来るからだ。なあ、キャンピオンさんよ、あんたがほかのときに訪ねてくれさえすれば、いつであろうと、ずいぶんちがったはずなんだ。ところがどうだ、おかげでこっちはえらく困った立場になっちまったぜ。まったく、あんたをどうしたものやら。

せめてもちょっと信頼できる相手ならなあ」

　ブリームはそこで言葉を切って残念そうにため息をつき、丸々した白い顔に悲しげな笑みを浮かべて獲物を見おろした。

「手首の具合はどうだ？」ややあって、ブリームは尋ねた。「ヒリヒリするか？　そうだろうとも。やれやれ、ほんとに参ったね。しばらくそうしててもらうしかないかもしれんぞ。ほかにはどうしようもなさそうだ。え、そうだろ、ドロシー？　こいつがとつぜんおれの――ええと――ビジネスに首を突っ込んできたんだ、この件が片付くまでここにいてもらうしかなかろう。なあ、キャンピオンさん、あんたを解放したら、この美味《おい》しい仕事をあっさりおじゃんにされかねないからな」

　キャンピオンは苦しげにもぞもぞ身体を動かし、皮肉たっぷりに言った。

「きみのお客が懐かしの我が家を気に入ったことを祈るよ」

「ああ、気に入ったさ」丸い目が鋭くきらめいた。「あの男の話が聞こえたんだな？　すごい大声だったたろう？　こっちはあんたに聞かれやしないかひやひやしてたんだ。まあいい、それでほとんど話は決まったわけだ。やっぱりあんたにはしばらくおれたちと一緒にいてもらうしかない。それしか解決法はなさそうだ」

　ブリームはしばし黙りこくって、年下の男がもがきまわるさまに見入った。

「ああ、あいつはじっさい、ここがえらく気に入ってたよ」やがてようやく、キャンピオンとの会話でずっと使ってきた冗談めかしたきざな口調で言った。「この家にぞっこんだと言ってもいい。何とも可愛らしい男でね、キャンピオンさん。あいつがなじみの光景に出合うたびに両目を輝かせるのを見たら、あんただってほろりとしたはずだ。おれはすっかり感動したね。たぶん明日の朝にはあちらから何か申し出があるだろう。ああ、間違いない。おれが周囲の木を伐り倒して家の塗装をしなおすつもりだと話したら、えらく動揺してたみたいだからな」

キャンピオンは両目を開き、しゃがれ声で言った。

「彼は十ポンド札を借りようとしたりはしなかっただろうね？」

ブリームは眉をつりあげた。

「いや。そんなことはしなかった。どう見てもそんなタイプじゃなかったよ。あんたに会ってもらえなくてじつに残念だ」

キャンピオンは声をあげて笑いはじめた。おかげでそこらじゅうが痛んだが、本当におかしくてならなかったのだ。

「ブリーム」彼は力なく言った。「ぼくがきみをろくでもない苦境から助け出してやらなきゃならない理由を、ひとつでも思いつくかい？　きみは昔から石頭だったし、今度という今度は、このまま痛い目に遭わせてやっても当然だな」

そのあとには長い沈黙が続き、キャンピオンは両目を閉じて身じろぎもせずに横たわっていた。相手の男はやおら椅子を引き寄せて腰をおろした。必ずしも動揺したわけではないが、常習的な悪党は用心深いものなのだ。

「なあ、キャンピオンさん」ブリームは静かに切り出した。「あんたはじつのところ、なぜここへやってきたんだ？」

「ちょっとした人助けのためさ」弱々しいが、憤《いきどお》りのこもった声だった。「純粋な慈善行為の多くがそうであるように、誤解されてしまったけどね。こうなればブリーム、今さらぼくに助けられるまえに、さっさと縛り首にでもなっちまえ！」

「もちょっと詳しく説明してもらえないかな？」たいそう優しい猫なで声だった。

「女房は今、家の奥にいる。こんなことを言うのは、女ってやつは神経質だから、もしもあいつがそばにいれば、あんたはおれがためらうと考えるかもしれないからだ――ちょっとばかりしゃべってもらえるように、こうして説得するのをな」

ブリームは大きな靴の踵をキャンピオンの脛骨《けいこつ》にゆっくりトントン打ちつけはじめた。

「まったく、人がどうしてここへ来たと思うんだ？」ごく当然の怒りがにじんだキャンピオンの口調は、説得力に満ちていた。「ぼくがきみらみたいなケチな悪党をつかまえようと、国じゅう捜しまわったりすると思うのか？　それは警察の仕事だ。ぼくは心底、友好的な意図でここに来たんだぞ。こちらはたまたま、きみが時間と金を無駄にするのを防げるような情報を手にしているし、そちらはたまたま、ぼくの友人の家にいる。だから事後にきみが感じるはずの怒りの一部が家そのものにぶつけられる恐れも考慮して、ちょっと親身な忠告をしに寄ってみたのさ。正気の男なら誰でも耳をかたむけるだろうに、きみはいきなり、こんな馬鹿げたまねをはじめた。頭を働かせろよ、ブリーム」

「だがね、キャンピオンさん、そっちが選択の余地を与えてくれなかったんだ」

なめらかな口調に不安がのぞきはじめたのに気づき、床の上の男はすかさずたたみかけた。

「選択の余地が聞いてあきれる。きみは大事なカモがあらわれてぼくを見つけやしないかと恐れをなしたのさ。ちょっと立ちどまって考えてみれば、明白な事実に思い当たったんだろうに。ぼくが非友好的な立場なら、さっさと地元の警察に駆け込んだはずだぞ。そうすれば彼らはじっくり、確実に罪に問えるようなことをきみがしでかすのを待って、ここぞとばかりに乗り込んできただろう。昔ながらの、由緒正しいやりかたできみをしょっぴくためにね」

「しかし、キャンピオンさん、考えてみてくれ……」ブリームはみじめな声で言った。「かりにあんたが偶然、ひょっこりあらわれたんだとしたら……」

キャンピオンはいきり立った。「ここは誰かが偶然、ひょっこりあらわれるような場所か？　バンティングワース夫人は南フランスにいる。ぼくは三日まえに彼女をそこに残して帰国した。彼女から賃借人の年恰好を聞いて、すぐにきみの連れ合いだとわかったし、おとといの朝ヤードを訪ねると、彼らは親切にも、きみらがしているとおぼしきゲームについて説明してくれた。そこで、きみらの知らないあることを知っていたぼくは、地元の警察に行く代わりに、純粋な親切心からここへ駆けつけたんだ。正直、今はもう友好的な気分じゃないけどね。きみはここで天罰が下るのをじっと待てばいい」

「いや、キャンピオンさん」冗談めかした響きは影をひそめ、ブリームの声と態度はもはや、地元の名士の扮装にふさわしい、落ち着きはらったものではなくなっていた。まだ警戒してはいるものの、続きを聞きたくてうずうずしているような目だ。「どういうことなのか、すごく興味を惹かれはじめたよ」

「そうだろうとも。だがこっちは痛くてならないんだ」キャンピオンは指摘した。

「手首がヒリヒリして、悪意に満ちた気分なんだよ。きみに少しでも分別があるなら、ひもを解《と》いてほしいね。結局のところ、そちらは銃を持ってるが、ぼくは持ってないんだぞ」

ごくもっともなその要求は、悪党の心を動かしたようだ。ブルームは用心深くひもを切るなり、あとずさった。

「よければ、足首のほうはそのままにしておきたいんだが。おれも以前ほど身軽じゃないし、あんたのことがまるで信用できないんだよ」

キャンピオンは身をくねらせて上体を起こし、あざになった手首をこすった。黄色い髪がくしゃくしゃに乱れ、薄青い目には冷ややかな怒りがにじんでいる。

「さて、きみはこれからどうするつもりだ？」彼は尋ねた。「知ってのとおり、暴行にはかなり重い刑罰が科されるし、殺人となればそれこそ一大事だぞ」

ブリームは顔をしかめて小声でぼそぼそ答えた。

「あんたは嘘をついてるのかもしれない」

「やれやれ、勘弁してくれよ」キャンピオンはうんざりしきった口調で言った。「ほかにどんな筋の通った理由があって、ぼくがここまでやって来るというんだ？　今しがた、あきらかな事実を話してやらなかったか？　ぼくは、こんな状況に置かれた正気の男なら誰でもするようなふるまいをしてきたはずだ。われを失って泥沼に飛び込んだのはきみのほうだぞ。とはいえ、こっちの善意を証明するために、もうひとつだけサービスしてやろう。さっき、ぼくが子供のころからバンティングワース夫人を知ってることは話したよな。そのときは触れなかったけど、ぼくは彼女の両親も知っていたんだ。彼らは死ぬまでこの家に住んでいて、その後、ここは売りに出すしかなくなった。たしか、そのときバンティングワース夫人のご主人が買い取ったんだ。これでぼくの言いたいことがわかったか？」

タビー・ブリームは椅子の中で身を乗り出した。ふくよかな顔が、まえよりさらに青ざめている。

「ああ、キャンピオンさん」

「マーガレット・バンティングワースはご両親の一粒種だった」キャンピオンはうんざりしきった弱々しい声で続けた。「だから騒々しい中年の紳士がずかずかここへやって来て、懐かしの我が家がどうとかわめきたてても、残念ながらそいつは偽者だ。彼はたんにきみの同業者で、融資金詐欺か小切手の偽造か何か、得意の手で一稼ぎしようとしてるだけなのさ。いいか、きみは一杯食わされたんだ。さあ、これで感謝する気になったかな？」

ブリームのあごがこわばった。「だがセラーズは……」

キャンピオンはせせら笑った。「セラーズならモンテカルロで見かけたけどね。あれじゃ子守娘も騙せないだろうよ。ああ、きみの外国帰りの客は船上でセラーズに出会い、小金を手にしたヘマな同業者だと見てとって、カモにしてやることにしたのさ。いざとなったら、きみと知恵くらべをするつもりでね。現実を直視したほうがいい」

ブリームは立ちあがり、ゆっくり部屋の向こうへ歩きはじめた。分厚い肩と短い強《きょう》靭《じん》な腕をした、見るからに危険な小悪党らしい姿だ。彼はあきらかに頭の中でキャンピオンの主張を検討し、それが残念ながら、納得できるものであることに気づきはじめていた。

だがブリームは不意にくるりと振り向き、鋭く言った。

「そうはいかんぞ、キャンピオン！」

キャンピオンは足首のひもから両手を離し、小さなコルトの銃口をひたと見すえた。

「わかったよ」と肩をすくめる。「だが正直言って、こんなことをして何の意味があるのかわからない。結局、きみはどうするつもりなんだ？　すべての事実をかんがみて」

「あんたの言うとおりなのか確かめる」

「で、そうだとわかったら？」

相手は声をあげて笑った。

「むろん、もう一刻も時間を無駄にはしない。さっさと逃げ出すよ。あいにく、あんたは余計な手出しをしかねないから、当然ここに残ってもらうことになる。たしかにここは寒い家だが、あんたはタフだ。生きてるうちに見つけてもらえるさ」

キャンピオンは耳を疑った。

「だがそれじゃ自分で自分の首を絞めるようなものだぞ。スコットランド・ヤードはぼくがここへきみを捜しにきたことを知っている。ぼくが死ねばきみをつかまえるはずだ、ブリーム」

こぎれいな黒っぽいスーツ姿の男は両手を広げた。

「その危険性は覚悟するしかないだろう。あるいは誰か村の女に、月曜日にここへ掃除にくるよう頼んでもいい。彼女が真っ正直に約束を守れば、あんたは――ええと――四日だけ頑張ればいいはずだ」

キャンピオンは身をこわばらせて彼を見あげた。薄青い目が怒りに燃えるのを見て、ブリームは面白がっているようだった。

「女房が言うには、奥の調理場はネズミだらけだそうだ。さぞかし、やつらは暖を求めてあんたにまとわりつくだろう。腹さえ空かしてなければ、なかなか愛嬌のある連中だがね」

ブリームの声音がふたたび変わり、つかのま、内心の怒りがあらわになった。

「さっきの話が本当なら、おまえなぞネズミに食われちまえ。どうだ、考えるのも堪えられんだろう、え？」

両目を閉じたキャンピオンが震えおののき、ばったり石の床に倒れた。真っ青な顔で、締まりなく口を開いている。ブリームは用心深く近づき、じっと横たわる相手の脇腹を蹴った。力なく身体がごろりところがると、彼は笑った。

拳銃をポケットにしまうとブリームはさらに近づき、かがみ込んで獲物のまぶたをつまみあげようとした。大柄な彼がそうするには、床にひざまずくしかなさそうだった。と、彼が片ひざをつくと同時に、どんなスリにも負けない器用な手が静かにのばされ、キャンピオンのすらりとした指がまんまと小さな拳銃をつかんだ。

「さがれ。大声をあげたら命はないぞ」

その力強い声と、さっと床に肘をついて拳銃をかまえた相手の思わぬ動きにブリームはぎょっとした。彼が泡を食って飛びすさり、部屋の向こうの壁板に背中を張りつけると、キャンピオンはにやりと獰猛《どうもう》な笑みを浮かべた。

「もちろん、ぼくがきみを殺してはまずい理由はひとつもない」キャンピオンは愛想よく言った。「嘘偽りなく、正当防衛を主張できるんだからな。そこがきみより有利な点だ。さあ、両手を挙げたままその呼び鈴から離れろ」

ブリームはぐずぐずせずに従った。

「おれはあんたに八つ当たりしてたんだ、キャンピオンさん」彼はしゃがれ声で言った。「あんたが悪い知らせを持ってきたから、つい腹が立っちまってね」

「いいから、観念するんだな」床の上の男は意気揚々としていた。「あんなことが冗談か腹いせのつもりなのか？　動くな！」

最後の警告は、まったく予期せぬ展開に誘発されたものだった。ホールの反対側にある玄関のドアが、そろそろと開きはじめたのだ。キャンピオンは銃をぴたりとブリームに向けたまま、

「あちらへ進め」とささやいた。「いいか、妙なまねをしたら撃つぞ」

悪党は素直に両手を挙げたまま、開きかけたドアのほうにじりじり歩を進めた。その後の一部始終を、キャンピオンは床の絶好の位置から見守った。戸口の外から、音をたてないようにおっかなびっくり足を踏み入れた赤ら顔の見知らぬ白髪《はくはつ》の男は、両手を挙げて立ちはだかったブリームをまえに、当然ながら、はたと動きをとめた。

「失礼」男は叫んだ。明るい目を見開き、当惑に顔を真っ赤に染めている。「こんなふうにまた押しかけるとは、まったく馬鹿なまねをしたよ」男は騒々しく咳払いした。「いや、じつはこういうことなんだ。もう少しでイプスウィッチに着くというときになって、さっさと話を決めたくなってしまってね。それでここへもどったら、ドアの掛け金がはずれてるのが見えたんで、三十年まえによくしたように忍び込んでみたい思いを抑えきれなくなったのさ。いやはや、そんなふうに突っ立って人をじろじろ見るのはやめてくれ。どうして両手を挙げたりしてるんだ？」

「やれやれ。例の植民地帰りか」キャンピオンは疲れきったようにつぶやいた。

ブリームはすかさずチャンスに飛びついた。

「気をつけろ！」と叫ぶなり、当惑顔の男の背後に飛び込み、開いたドアへと駆け出したのだ。

キャンピオンは引き金を引いたが、訪問者を避けるために狙いが大きくそれ、銃弾はドアの木枠を引き裂いた。

「何てこった！」未知の男はホールの奥の暗がりに目をこらし、床にすわり込んだキャンピオンにとつぜん気づいたようだった。「発砲したのか？　ここでそんなまねはやめてもらおう。さあ、立ちあがって正々堂々と戦え。おや、そうか、縛られてるんだな？　何をやらかしたんだ？　押し入りか？　とにかくその銃をおろせ」

どう見ても〝ただならぬ事態〟としか言いようのない場面へのこの冷静沈着な対応に、キャンピオンはいたく感銘を受けていた。この訪問者はまさしく彼の同類たる英国紳士の完璧な見本だ。それに疑いをはさむのは、トラファルガー広場のネルソン記念碑を石膏製と疑うのも同然に思えた。

「でもあの、ここはほんとにあなたの昔の我が家なんですか？」自分が馬鹿みたいに尋ねるのが聞こえた。

「そうとも。わたしは人生最良の歳月をこの家ですごしたし、ここで死にたいと思ってる。とはいえ、それがきみにいったい何の関係があるのかわからんね。よし、押さえたか、セイクレット！」

最後の言葉は一瞬、早すぎた。内側のドアからキャンピオンの背後に忍び寄っていたブリームは、まだゴールに達していなかったのだ。彼が飛びかかる気配にキャンピオンはくるりと振り向き、その手から飛び出した拳銃が石の床を未知の男のほうへすべっていった。ブリームがすぐさまあとを追ったが、キャンピオンに襟をつかまれ、二人は取っ組み合ったまま床の上をころがった。

「それを拾って！」キャンピオンは叫んだ。懸命に声に権威をにじませようとしながら、「後生だから、早く拾ってください！　この男は危険です」

そこでブリームの両手が喉をつかんで彼の叫びを封じた。太い指がぐいぐい首に食い込み、身体じゅうの力が抜けてゆく。

「おい、気をつけろ、そいつを殺してしまうぞ！」訪問者の力強い声がホールに響き渡った。「さあ、立って！　ちゃんとこっちが掩護する。くそっ、いったい何のつもりだ？　相手は縛られてるんだぞ」

最後の言葉のあきれ返った口調が功を奏したようだ。喉を絞めあげていた指をゆるめたブリームは、腫《は》れあがった顔を弁解がましくゆがめてよろよろ立ちあがった。

「ついカッとなってしまって。こいつが怖かったんですよ。じゃあ、その銃をもらえますか？」

「だめだ！」

死にもの狂いで訴えかけるキャンピオンのしゃがれ声に、訪問者はあとずさってブリームに目を向けた。

「ちょっと待て。いいから近づくな。その男の足首のひもを解いてもらおう。よければ、これはどういうことかはっきりさせておきたいんだ」

「おやおや、よしてください」ブリームは以前の取り入るような態度にもどっていた。

「ここはわたしの家なんですよ」

「嘘だ」キャンピオンは訴えた。「そいつに銃を渡してはいけない」

「あんたの家じゃないと言っているぞ」訪問者はがぜん興味を示し、「だったら、誰の家なんだ？　そこを明確にしておかんとな。どういうことか説明してもらおう、二人ともだ」

「それはいずれ話すとして」ブリームがじりじりまえに踏み出した。「まずその銃をください。なにせ——銃ってやつは物騒ですからな」

「そうはいかんぞ！　さがれ」訪問者はただならぬ気骨を見せつけた。「ここにいるこの男は重大な申し立てをしたんだ、それにきちんと答えてもらいたい。じつはな、セイクレット、この午後あんたが口にしたいくつかのことがどうも腑に落ちなかったんだ。自分が下の芝地の古いクルミの木を指さして、去年は立派なナシが生《な》ったと言ったことに気づいとるかね？　あのときはただの言い間違えかと思ったが、今ではちょっと見方が変わりはじめた」

ブリームはリボルバーから身を遠ざけ、切々と訴えた。

「こんなことはどうかしている。自分の家にいるだけで銃を向けられるなんて」

訪問者のあざやかな青い目が疑わしげにきらめいた。

「ここは誰の家なんだ？」彼は声を張りあげた。「もう一度だけ訊くが、この家の所有者は誰なのかね？」

「あの、わたくしですけど。それがどうかしまして？」

背後の戸口から聞こえた快活な声に、彼らはみな飛びあがった。マーガレット・バンティングワースがジェーンとローズとアリス、それに言うまでもなく、荷物を抱えたタクシーの運転手をぞろぞろ引き連れてホールに姿をあらわした。疲れはてて髪をくしゃくしゃに乱したマーガレットはじつにすてきで、誰もが認める真の女主人の見本のようだった。

訪問者はさっと拳銃を背中のうしろに隠してあとずさった。ブリームは力なくぽかんと口を開け、キャンピオンはやむなくその場にじっとしていた。マーガレットが不意に彼の姿に気づき、旅行用のコートを脱ぐ手をとめた。

「まあ、アルバート。わざわざ訪ねてくださってありがとう！　そんなところにいるからちっとも気づかなかった。あなたの電報を受け取ったあと、できるだけ早く荷物をまとめて帰ってきたのよ。でも、いったい何をしてるの？　その足首は……いやだわ、何かあったの？」

マーガレットはやおらほかの者たちを振り向き、あきらかに彼女にとっては何の意味もなさないブリームのわきをすたすた通りすぎると、未知の訪問者の真正面にたたずんだ。男はしばし彼女を見つめ、顔をさらに赤黒く染めたかと思うと、ついにたった一言、絞り出すように口にした。

「メギー！」

マーガレット・バンティングワースはコートと手袋、それに大量のオーデコロンをくるんでまんまと税関を通過させた旅行用のひざ掛けを取り落とした。彼女の小さな叫びは、純粋な歓喜にあふれていた。

「モーティ！　ああ、大好きなモーティ、ほんとに驚いた！」

キャンピオンは身を乗り出して足首のひもを解きはじめた。それからブリームを見あげ、

「二十四時間だ」と意味深長に言った。「本来ならとうてい、そんなにやる義理はないんだぞ」

ブリームはちらりと彼を見てうなずいた。そして顔を硬くこわばらせたまま、振り向きもせずに奥のドアへと歩を進めた。

キャンピオンが痛みをこらえて椅子のひとつへと這い進んでいると、マーガレットが訪問者をあとに従えてやってきた。

「何もかもすてきじゃなくて？」彼女は両目を躍らせた。「モーティが言うには、あなたがたはまだまともに顔を合わせてないそうね。ほら、これが例のモーティよ。もう何十年も会ってなかったけど、彼は昔、農園のそばのコテージに住んでいて、子供のころはよくここで一緒に遊んだものよ。世界一、頭のいい男の子だったの。彼が遠くへ行ってしまったときには、どれほど目を泣き腫らしたか。彼はいつかここにもどってきみのためにこの古い家を買うんだといつも約束してくれたけど、もちろん、わたしは一度も本気にしなかった。それにもちろん、どちらも手紙は書かなかったわ。どんなふうかはわかるでしょ。それが今になって、ひょっこりあらわれるなんて！

モーティ、あなたは少しも変わらないのね」

「わたしは一度もきみを忘れたことはないぞ、メギー。じつのところ、ここへ来たのはひょっとして――あわよくば――」訪問者はとつぜん、はにかみに打ち負かされたようだった。おほんと咳払いして洟をかみ、危険な話題に背を向けた。「とにかくあの男が所有者と知って動揺したものさ。ところで、あいつはどこへ行ったんだ？ここではちょうど今、何かひどく妙なことが起きてたんだ、メギー。どうやら、きみのこの若い友人から説明を聞くしかなさそうだがね。さっぱりわけがわからん。あのセイクレットとやらはどこなんだ？」

「まあ、セイクレット夫妻！」マーガレットは、はたと思い出して狼狽したようだった。「あの人たちのことをすっかり忘れてた。あなたのおかげで頭からきれいに抜け落ちてたわ、モーティ。わたしはこの家を人に貸してるの。だから何も問題がなければ、ここにいるべきじゃないのよ。ねえ、何があったの、アルバート？　セイクレット夫妻はどこに行ったの？」

キャンピオンは傷ついた足首を揉むのをやめた。

「耳をすませば、おりしも彼らの車が私道を走り去ってくのが聞こえるはずですよ。ぼくがあなたなら、彼らのことは忘れますね。もうぼくらは当分、彼らの消息を耳にすることはないような気がするんです」

マーガレットは眉をひそめ、そのむずかしすぎる話題から手を引いた。

「それじゃ、みんなで一杯やりながら何か食べたらどうかしら？　食べ物は脳の働きを助けてくれるでしょ。腹ごしらえがすんだら、あなたがた二人で一部始終を話してちょうだい。モーティ、ワインの栓を抜いてくださる？」

「ああ、今行くよ」訪問者は大股に彼女のあとを追った。一歩ごとに若さがよみがえってゆくかのような足取りだ。

キャンピオンはぎごちなく立ちあがって歩く練習をした。

やがて夜も更けたころ、二人の男たちは大きな古ぼけた客間の暖炉のまえに腰をおろした。マーガレットはひとしきり思い出話に花を咲かせたあと、寝室に引き取っていた。モーティが愛情を込めて室内を見まわした。

「まさに記憶どおりだ。ここを〈懐かしの我が家〉などと呼んでみなを混乱させるとは、馬鹿なまねをしたよ。だがほら、ずっとそんなふうに考えていたんだ」

キャンピオンはじっと炎に目を向けた。

「ここをお買いになるつもりですか？」

年上の男は光り輝く青い目をちらりと彼に向け、はぐらかすように答えた。

「まあ、まさに捜し求めていたものを見つけたんだからな」

怪盗〈疑問符〉

The Case of the Question Mark

クロエ・プライエル嬢が勅選弁護士のサー・マシュー・ピアリングと婚約したとき、アルバート・キャンピオン氏は《ランチに誘うべき若き麗人》と題された私的なリストから彼女の名前を消し、《クリスマス・カードを送るべき知人》の一覧表の末尾にきちんと書き込んだ。

その書き換え作業をする彼の顔には、少しだけ残念そうな笑みが浮かんでいた。以前はクロエには一種独特の軽快さがあるように思えたものだ。しかし、このところ何度か、彼女にはむしろ〝軽薄〟という言葉のほうがぴったりではないかと思わされていた。それゆえ彼は、尊大でユーモアのかけらもないサー・マシューの選択を心から祝福する気になったのだ。

そんなわけで、今もキャンピオン氏は、サー・マシューの全面的な幸福を――いささか懐疑的にではあるが――祈りつつ、ボンド街の〈ジュリアス・フローリアン銀器店〉の奥の、大きな古めかしい応接室にたたずんでいた。クロエに結婚祝いを贈るためだ。彼女は抜け目ない老店主にうながされ、重厚なアダム様式の燭台か、はたまた華麗なロココ風の飾り皿《イパーン》を選ぶべきか決めようとしていた。

クロエは絶好調だった。クルミ材のデスクの端に腰をかけ、ココア色の毛皮のコートが肩からずり落ちるのもかまわず、小さな黄褐色の頭をかしげている。両目はぐっと細められ、この選択に要するただならぬ知的努力のせいで、青い瞳がいっそうあざやかにきらめいていた。

一流の銀細工師でもある店主のフローリアン氏は、そんなクロエをたいそう魅力的だと思っているようで、丸々した浅黒い顔を楽しげに輝かせて見守っている。彼女がすでに小一時間も迷っていることを思えば、それはいよいよ驚くべきことだった。

「食卓の真ん中に飾るこういうお皿って、近ごろすごく流行《はや》ってるのよね」クロエはぶつぶつ言った。「それに、うっとりするほどすてきだわ――すばらしく馬鹿げてて。だけどアダム様式の銀器のほうは、ずっとそばに置いておけそう。一族の執事か何かみたいに」

フローリアン氏は声をあげて笑った。

「ご明察ですな」と、キャンピオンに小さくうなずきかけながら言い、「では、どちらにいたしましょう？　目下の流行品か、生涯の自慢の種か」

「やっぱり飾り皿《イパーン》にします、ミスタ・フローリアン。すてきな贈り物をありがとう、アルバート。きっとあのお皿越しに食卓の向こうのマシューを見つめるたびに、あなたのことを思い出すわ」

「それはぼくたち双方にとって喜ぶべきことだな」キャンピオンはほがらかに言った。

クロエはデスクからすべりおり、サイドテーブルに置かれた飾り皿《イパーン》にぶらぶら近づいた。小枝のように広がるアームの先々に小さなバスケットがついた、立体的な造りの皿だ。銀細工師が小走りにあとを追う。

「愛らしい作品ですな。ジョージ三世時代初期の逸品で、砂糖菓子を盛る八個のバスケットには手彫りの透かしと打ち出し模様、反りひだの縁飾りがほどこされ、台座には球型の足がつけられています。来歴も残らずお話しできますぞ。もともとはパロウン卿のために作られ、その後七十二年にわたって同家に伝えられたあと、アンドリュー・チャペル氏なる人物に買い取られ、その死後はブライトン在住の令嬢の手に――」

店主の説明は、クロエの笑い声にさえぎられた。

「面白い！　まるで犬みたいね、血統書つきなんて。じゃあこれはローヴァーと呼ぶことにするわ、アルバート。家具にもぜんぶ名前をつけるつもりなの」

「上等な銀器をお買い求めになるお客様は通常、いくぶんなりとも来歴を知りたがられるものですから」店主は堅苦しく言った。

プライエル嬢の脳ミソがその情報と格闘し、みごとに答えを導き出した。

「あら、たしかに、盗品だったりしたら大変ですものね」彼女は晴れやかに言った。

「そんなこと、考えてもみなかった。わくわくするわ！　ねえ、ミスタ・フローリアン、おたくでもよく盗品を扱ったりなさるの？　つまり、何かの手違いで」彼女が遅まきながら言い添えたときには、小柄な店主の顔はじわじわ赤らみ、さらにじわじわと紫色に変わっていた。

キャンピオンはあわてて救助に乗り出した。

「たしかその手の災難は、警察の手配書のおかげで防げるんですよね、フローリアンさん」

銀細工師は平静を取りもどし、笑みすら浮かべた。

「はい、さようで」と鷹揚に答え、「盗難品の手配書というのは、たいそう興味深いものです。ひとつお見せしましょう」

店主はデスクの上の呼び鈴を押したあと、いつものゆったりとした、ちょっぴり気取った口調で続けた。

「何か窃盗事件が起きるたびに、警察は持ち去られた貴重品のリストをこうした業界に配布するのです。おかげで、犯人かその手先が愚かにも盗品を信用ある店に売り払おうとすれば——たちまち御用というわけですよ」

「まあ、すごい！」クロエがやけに力を込めて言ったので、キャンピオンはちらりと警告の視線を向けたが、彼女は明るい青緑《チャイナブルー》色の瞳に興味津々の色をたたえてフローリアン氏を見つめていた。あれには誰でも心をとろかされたろう。

　銀細工師はみるみる態度をやわらげ、店員が手配書のフォルダーを手にもどったころには、満面の笑みを浮かべていた。

「こんなものは、誰にでもお見せするわけではないのですがね」と黒い目をきらめかせ、いたずらっぽくクロエに言った。「こちらはサリー州のさる屋敷から盗まれた品品のリスト。そしてこちらはべつの、大いに好奇心をそそるものです。マンチェスター広場のヒューズ＝ベリュー邸から盗まれた貴重品のリストですが、あの夜盗のことは新聞で読まれたでしょうな？　わたしがとりわけ興味を抱いたのは、レディ・ヒューズ＝ベリューの銀器のコレクションには個人的にもなじみがあるからでして。ここに書かれた品物の大半は、ときおりこちらで特別な手入れとちょっとした修理をほどこされてきたものです」

「ほんとに興味深いこと」クロエはぶつぶつ言いながら、専門用語が並んだ一覧表を見おろした。まるで理解できないのが見え見えの目つきだ。「BG・LGつき初期マフィニアって何かしら？」

「焼き菓子に砂糖を振るための、青いガラスの内張りつきの容器ですよ」老店主が嬉嬉として説明するのを見て、豊かな美貌は大いに役立つものだとキャンピオンは考えた。「それは非常に変わった品物で」と銀細工師は続けた。「いつぞや当店で、稀少銀器のささやかな展示会を開いたおりにもご出品いただきました。蔦《つた》の葉をかたどった繊細な手彫りの透かし模様がほどこされ、その葉の一枚にはボートに乗った小さなキューピッドが彫り込まれています。彫り込みと透かし模様の組み合わせは比較的まれなので、おそらくキューピッドのほうは、同時代の素人愛好家によるみごとな労作であろうとレディ・ヒューズ＝ベリューにお話ししたものです。その逸品が失われてしまうとは、何と嘆かわしいことか！」

「ぞっとしますわ」うつろながら、力強い口調でクロエは言った。「でもそういうことって、見方によるんじゃないかしら？」

ここはふたたび、救助に乗り出すべきだろう。

「その夜盗事件なら憶えてますよ」キャンピオンは言った。「例の怪盗〈疑《クエスチヨン・》問符《マーク》〉の最新の冒険でしょう？　ほら、新聞に〈謎の曲者《くせもの》〉と書きたてられているやつ」

「そう、その男です」いつも慇懃《いんぎん》なフローリアン氏が興奮めいたものをのぞかせた。「警察はいまだに尻尾をつかめずにいるが、少なくとも六件のロンドン市内の夜盗事件が彼のしわざと考えられているとか。とりわけ興味を惹かれるのは、彼が上質な銀器ばかりを狙う点です。それなりに大した目利きなのでしょう。そんな男があんなみごとな品々を溶かしてしまうとは思えない。海外へ持ち出しているにちがいありません」

クロエがここぞとばかりに機嫌を取るような笑みを浮かべた。

「すごいわ。何だか業界の秘密をのぞいてるみたい。どうしてその男は〈疑問符〉とか〈謎の曲者〉と呼ばれてますの？」

「そりゃあ、疑問符《クエスチヨン・マーク》みたいに背中が曲がっているからさ」キャンピオンは説明した。「薄暗い通路や明かりの消えた階段室をこそこそ進む、痩せた猫背の姿を何度か目撃されてるんだ。それを思い浮かべてきみが震えあがったところで、さあ、そろそろ失礼しよう」

「背中が曲がる病気なの？　可哀そう！」クロエはすばやく思考をめぐらせ、その慣れない努力のせいで、頬骨のあたりがじつに愛らしいピンク色に染まった。「それじゃ、彼はどうやって雨樋《あまどい》をよじのぼったり、そのほかの、泥棒らしい活動的なことをするの？」

フローリアン氏は微笑んだ。さいわい、他のあまたの知人たちのひそみにならい、クロエのことを少々おつむの弱い、愛すべき娘とみなすことにしたようだ。

「ああ、その男は本当に身体が不自由なわけではなく……」店主は幼児にでも話しかけるように声を低めた。「以前に一度、あやうくつかまりかけたことがあるのですがね。屋敷のメイドが二階の窓から姿を見かけて大声をあげると、彼は一目散に逃げ出したが、メイドが警察に語ったところによれば、背中をまっすぐのばして走り去ったそうですよ」

「おかしな話ね」クロエが意外にも、鋭い言葉を口にした。

「そうでもありません」銀細工師の口調はまだ、ユーモアまじりの穏やかなものだった。「泥棒の多くにはちょっとした性癖というか、トレードマークがありましてな。それがいわば伝統になっているのです。ある者は常に一階の窓ガラスにハート形の切れ込みを入れ、小さなゴムの吸盤で注意深くその部分を取りのぞいて中の掛け金をはずします。またある者は、必ず牛乳配達人を装《よそお》って盗みに入る。この怪盗〈疑問符〉はおそらく私生活ではごく普通の姿なのでしょうが、警察は長いこと、あきらかに背中の曲がった男を捜していたのです」

「本当に？」クロエは少しばかりオーバーにかたずを呑んだ。

「ああ、もちろん。本当ですとも。泥棒というのは驚くべき種族なのですよ。キャンピオンさんに訊いてごらんなさい。彼は専門家です。そういえば、わたしが仕事について間もない若造だったころ、この業界じゅうを手玉に取った大泥棒がいましてな。誰もが恐れたその男は、近衛兵の制服姿で仕事をしたものです。真っ赤な上着に、大きな口髭、小粋なステッキまで手にしてね」

キャンピオンは興味深げに目をあげた。

「それはまた手が込んでるな」と笑い声をあげ、「そんなやつのことは初耳ですよ」

フローリアン氏はかぶりをふった。

「たしかに、あれから少なくとも三十五年はたちますからな。だが現にそういう男がいたのです。やつがつかまって収監されたときには、みな大いにほっとしたものだ。出所後はどうなったのか知りませんがね。スコットランド・ヤードにおられるあなたの古参のご友人の誰かが憶えているかもしれない。ヤードでは〈金ピカ野郎〉と呼ばれていたはずです。さてと、ミス・プライエル、もうわたしの懐古談など聞かされるのはたくさんでしょう。あの飾り皿《イパーン》は至急、お宅へ送らせるようにいたします」

キャンピオンは令嬢を店から連れ出した。


その後、二人はクロエが選んだ最新流行の混み合ったティーラウンジで一休みした。

「ほんとにありがとう」彼女は小さなテーブル越しに、感慨深げにキャンピオン氏を見つめた。「わたし、ローヴァーをずっと大事にするわ」

「まあ、ほどほどにね」贈り主はなかば上の空でつぶやいた。彼はさきほど、往年の泥棒たちについての銀細工師の講義を聞くうちにひらめいた、奇妙な考えに注意を奪われていたのだ。しかし、取るに足りない馬鹿げた考えだったので、当面は脳裏から押しやることにした。

キャンピオンはにっとクロエに微笑みかけた。

「フローリアン老人の長話に退屈したりしなかっただろうね？」

「ええ？　いやだ、わたしが決して退屈したりしないのは知っているでしょ」クロエはたしなめるような目つきになった。「それに、あのおかしなおじいちゃまの話はとっても楽しかったわ。じつはちょうど今、犯罪にすごく興味を抱いてるところなの」

「へえ?」キャンピオンは気遣わしげに眉をつりあげた。

クロエの笑みは、純真な信頼感に満ちていた。

「ねえ、アルバート」彼女は切り出した。「ちょっと相談したいことがあるの。自分でもすごく冴えてたのか、ひどく子供っぽいことをしちゃったのかわからなくて……」

彼女の連れは、片手で目を覆いたい思いをぐっとこらえた。

「犯罪になりそうなことかい?」とさりげなく尋ねる。

「あら、まさか!」クロエは面白がった。「その正反対よ。探偵を一人雇っただけ。グレイシーを喜ばせるためにね。あなたはグレイシーに会ったことがある? わたしのメイドよ。あの小さな黒い目をした子。ブルガリア人か何かの血を引いててね、お裁縫がすごく上手なの。彼女を失うわけにはいかないわ。かけがえのないメイドなんだもの」

キャンピオンは両目をぱちくりさせた。

「ちょっと頭の調子が悪いのかもしれない」やんわり、探りを入れてみた。「何の話かさっぱりわからないんだ。グレイシーがふらふらどこかへ消えないように、その探偵に見張らせてるのかい?」

「いえ、そうじゃなくて」クロエは辛抱強く答えた。「その探偵はグレイシーと婚約してるのよ――当面のあいだは。長くは続かないはずだけど。続いたためしがないの、彼女はすごく気分屋だから。きっとブルガリア人の血のせいね。それでわたしはグレイシーが彼とあわてて結婚して何か妙なお店でもはじめないように、彼に仕事を与えているというわけ。まだよくわからない？　それじゃ、うんと注意深くぜんぶ説明するわ、あなたの助言がほしいから。自分ではけっこう冴えた考えだったと思ってるんだけど」

角縁《つのぶち》眼鏡をかけた長身の男は、ため息をついてうながした。「じゃあ最悪の部分を手短に話してくれ」

クロエは子供っぽい、真剣な表情で身を乗り出した。「まずは、あなたにグレイシーのことをじゅうぶん理解してもらわなきゃならないわ」熱のこもった口調だった。「もしもわたしが皮肉屋なら、彼女は自分の人生でいちばん重要な人だと言うところよ。グレイシーがいなければ、この髪も服も、わたしらしいスタイルも――つまりはわたしそのものがめちゃくちゃになってしまうの。これでわかった？」

キャンピオンにはクロエはきわめて魅力的に見えたので、そう話してやった。クロエは苛立《いらだ》たしげといってもよい顔つきになり、

「ええ、だから、そこなのよ。わたしだって馬鹿じゃない。何もかも、すべてグレイシーのおかげなの。わたし一人じゃどうにもならないのは、よくわかってるつもりよ。とにかく彼女を失うわけにはいかないの。だけど、あいにく彼女は恐ろしくかぶれやすいわ。きっと中欧の血のせいね。それがしじゅう顔を出しちゃうの。ここ二年間で九度も真剣な恋に落ちたのよ」

「おやおや！」とキャンピオン。「そして今度は探偵と恋に落ちたのかい？」

「まあね。でも相手は初めは探偵じゃなかったの」クロエは軽やかに続けた。「つまり、彼は失業中で、グレイシーはすっかり身につまされたのよ。そういうときの彼女はのぼせあがって、母性愛のかたまりみたいになっちゃうの」

「おそらく、ブルガリア人の血のせいだ」キャンピオンは真面目くさって言った。

「そうね。きっと自分でもどうにもならないのよ。彼女はハーバートとすぐにも一緒になりたがったわ。自分の貯えで何かの店でもはじめれば、じっくり腰を落ち着けて彼を支えられるからって。ねえ、どう思う、アルバート？」

「彼女が裁縫の達人なのは天の恵みだな」キャンピオンは敬虔ぶってつぶやいた。

「で、きみはいつハーバートを探偵に転身させたんだい？」

「あら、わたしが転身させたんじゃないわ。ぜんぶ彼が自分で思いついたの。グレイシーから初めて彼のことを聞かされたとき、わたしはちょっと待ってと懇願したわ。男の人は、心から愛せるような仕事に就くべきでしょ？　それぐらい、わたしにだってわかるわ。だからグレイシーに言ったの――あなたがハーバートに真の天職を見つけさせれば、彼がその仕事に就けるようにしてあげる。あとはどうなるか、わたしたちはじっと見守ってればいいのよ、って」

クロエは小さなテーブル越しに明るく微笑んだ。

「するとハーバートは探偵稼業に使命を感じたんだな？」キャンピオンのほっそりした顔に、心底愉快そうな笑みが浮かんだ。「いや、傑作だ！　それで、きみはどうしたんだ？　どこかの私立探偵事務所を買収して彼を雇わせたとか？」

「ううん、ちがうわ。そんなこと考えてもみなかった。そうじゃなくて、たんに週給二ポンドでわたしが彼を雇ったの。グレイシーはたいてい六週間ぐらいで熱がさめるから、それがいちばん安上がりな方法だと思って」

キャンピオン氏は、愛情めいたものを込めて彼女を見つめた。

「へえ、きみにも一種の嗅覚があるんだな。グレイシーのブルガリア人らしい多感な目がほかの獲物に向けられるまで、彼を適当に遊ばせておこうというわけか」

クロエはしばしためらったあと、すべてをぶちまける覚悟を決めたようだった。

「それがね、ちがうの」彼女はついに言った。「あいにく彼は適当に遊んだりしないのよ。ある意味で、そこが困ったところなの。ハーバートはすごく良心的でね。あくまで働くつもりで、そこらじゅうを調べると言って聞かないの。それで、最初の週は母の周囲を見張らせておいたら、屋敷の料理人が出入りの商人たちから賄賂《わいろ》を取ってることをつきとめて、何と、彼女を首にさせようとしたのよ。もちろん、母は怒り狂ったわ。今どき料理人はすごく貴重ですもの。彼ら三人を相手に、こちらもさんざんな目に遭ったわ。でも今度はまずまずうまくやったつもりよ。ハーバートにマシューを見張るように指示したの。マシューは品行方正を絵に描いたような人でしょ。一瞬たりとも自分の本分を忘れたりはしないわ。マシューなら、ハーバートをお手上げにさせると思うんだけど――どうかしら？」

キャンピオンは眼鏡をはずした。大いに感銘を受けたしるしだ。彼の脳裏にはふたたびあの四角四面の、もったいぶった若き勅選弁護士の姿が浮かびあがっていた。キャンピオンの母親ですら、うかつに愛称で呼んだりはしない相手だ。

「きみには脱帽だ」彼は率直に言った。「尽きせぬ敬意を表するよ。いったいどうやってサー・マシューにそんなことを承知させたんだ？」

「承知させたわけじゃないわ」ややあって、クロエは答えた。「ハーバートはすごく慎重だから、わたし、この件をマシューに知らせる必要はまったくないと思ったの。あまり賢明じゃなかったかしら？」

キャンピオンの顔がみるみるうつろになった。「いやはや」彼は力なく言った。「何と無謀なまねを」

クロエはさっと頰を赤らめてテーブルの上の皿を見おろした。

「たしかに何度か、これは見かけほどいい考えじゃないかもしれないと思ったわ。だからあなたに話してみたのよ」彼女は弁解がましくぶつぶつ言った。「ほら、マシューはやたらとお堅いところがあるでしょ？」

口を開けば何を言ってしまうかわからなかったので、彼女の連れは沈黙を守った。

クロエは無理やり笑みを浮かべた。

「だけど、彼がハーバートに気づくはずないわ。ハーバートはどこにでもいそうな、ありふれた小男だもの。マシューは重要そうな人物にしか目をとめない人よ」

どうにか気を取りなおして口を開いたキャンピオンの声は、穏やかと言ってもよいほどだった。彼はその気になれば理路整然と話すこともできたので、巧妙なゆすりとその遂行者たちに関する短い講義は明瞭にして的を射たものだった。彼はまた、倫理的な側面から見ても、こっそり婚約者を見張らせるのは悪趣味きわまりない行為だと指摘した。いささか感情に流された彼がはたと口をつぐんだときには、クロエの小さな顔は今にも泣き出しそうにゆがみはじめていた。

「まあ、怖い！」彼女はキャンピオンが遅まきながら口にした詫びを片手で振り払い、「そんなふうには考えてもみなかった。ハーバートが不正をたくらむかもしれないなんて、夢にも思わなかったのよ。これが危険でおぞましいことなのはよくわかる――今ではね。でもついさっきまで、思いもよらなかったわ。グレイシーを失わないようにすることしか頭になかったの。どうしたらいい？　マシューに話すことはのぞいて。彼に話す勇気はないわ。とてもだめ。彼はわたしみたいな見方はしてくれっこないし、わたしは彼がほんとに大好きなんだもの。どうしたらいい？」

彼女があまりに小さく愛らしく悲しげなので、キャンピオンは自分がとんだ冷血漢のように思えてきた。

「番犬に見張りをやめさせることだな」彼は明るく言った。「それから〈腕利き探偵事務所〉のポール・フェンナーのところへ行って、ぼくからの伝言として、費用はきみ持ちでハーバートに臨時の仕事をやるように言えばいい。あとは沈黙を守るんだ。この話は誰にもしないようにね」

「ええ、もちろんしないわ」クロエの安堵の表情は、微笑ましいほどだった。「あなたってすてき。最高よ。ものすごく感謝してるわ、アルバート。ほんとに天才ね。あなたの言うとおりにすれば、何もかもうまくいくはずよ。そうでしょう？　でも、わたしのこと馬鹿だなんて思ってないわよね？　そんなの堪えられない」

キャンピオンは大いなる忍耐を込めて彼女を見つめ、

「きみはたぐいまれな人だと思うよ」と重々しく言った。


だが翌朝、ちょうど寝覚めのお茶を飲みかけたときに彼女からの電話を取り次がれたキャンピオン氏は、もう少し荒っぽい感想を口にした。電話線の向こうのクロエは涙声でしどろもどろにまくしたてていた。

「大変なことになったわ」悲愴感にうち震える彼女のささやき声が耳に響いた。「ハーバートのことよ。どうしたらいい？」

「ハーバート？」キャンピオンは頭から眠気を振り払い、どうにか考えをまとめようとした。「ああ、そうか、素人探偵のハーバートだな。彼が何をやらかしたんだ？」

「電話で話していいものかしら？」

「まあ、そう願いたいところだが」キャンピオンは受話器に向かって眉をつりあげた。

「彼がどうしたって？　金でも要求してるのかい？」

「まさか……ちがうわ……それどころじゃないの、アルバート。彼はマシューについて何か見つけて、警察に行きたがってるの。マシューが悪党だという証拠をつかんだと言うのよ」

電話線のこちらの側に、長い沈黙がただよった。

「聞こえてる？　ねえ、どうしたらいいの？」

キャンピオンは受話器を耳からわずかに遠ざけた。

「ああ、聞こえるよ」彼はそっけなく答えた。「ちょっと言葉を失ってただけさ。さて、親愛なる若き友よ、きみの取るべき道はあきらかだ。ハーバート先生にぜひとも警察へ行き、罪を告発するように言うんだな。そして彼の口調が変わり、いよいよ彼が目論《もくろ》んでるケチなゆすりに話が及んだら、警察を呼ぶと脅してやるといい」

「まあ、わかったわ」クロエは半信半疑のようだった。「じゃあ、あなたはハーバートがマシューのことを謎の怪盗だとか言ってるのは真っ赤な嘘だと思うのね？　でも彼の話はすごく説得力があるのよ。聞いてるの、アルバート？　ねえ、あなたはそれが事実だとは思わないのね？　どうしちゃったの、あなたの声。どうしてそんなふうにヒクヒク震えるの？」

「神経性の麻痺の一種なんだよ」キャンピオンは穏やかに説明し、受話器を置いた。

彼は服を着ながらクロエのことを考え、やれやれと首をふった。彼女は美人で魅力的で根はいい娘なのだが、いかんせん、じつに思慮が足りない。彼女のために、グレイシーの彼氏の件が謹厳なサー・マシューの耳に達しないよう、心から祈らずにはいられなかった。

その日は午前中いっぱいレスター画廊ですごし、ゆっくり昼食をとったため、ピカデリーのフラットにもどったときには午後もなかばになっていた。玄関の鍵を開けて中に入ったキャンピオン氏が書斎へと廊下を進んでいると、半開きのドアの隙間から、居間の床の上のあらぬ光景が目に飛び込んできた。彼は立ちどまってそれをまじまじと見た。

絨毯《じゅうたん》の上に傷だらけの大きなスーツケースが置かれ、その周囲には、まばゆいばかりに輝く見慣れぬ銀器がずらりと並べられている。どれも、かつてお目にかかったことがないほどみごとなものだった。彼はおっかなびっくりドアを押し開け、室内を見まわした。と、肘掛けのない簡素な椅子から、丸顔のたくましい男がぎごちなく立ちあがった。いちおうまともな風体《ふうてい》だが、長年の不満が染みついたような表情だ。

キャンピオンはあっけにとられて相手を眺めまわした。まるで見憶えのない男で、これといった特徴のない、こざっぱりしたツイードのスーツを着ている。

「キャンピオンさんですね?」男は甲高い声できびきびと尋ねた。「おたくの使用人に、ここで待つように言われたんです」

「ああ、なるほど」キャンピオンの視線がふたたび床の上の銀器へとさまよった。

「きみがこの——荷物を持ってきたのかな?」

その発言を無視して、訪問者は続けた。「ぼくはブートという者です。プライエル嬢に、警察へ行くまえにあなたに会うように言われました。何があろうと、まずはあなたに会うべきだと。そう言われたんです」

大いなる光明が、ゆっくりキャンピオンの脳裏に射し込んだ。

「ひょっとして、きみはハーバートじゃないか?」

男は顔を赤らめた。

「許婚《いいなずけ》にはハーバートと呼ばれています」としぶしぶ認め、「ぼくはクロエ・プライエル嬢に雇われてる私立探偵なんです。彼女はあなたにぼくのことを話したと言っていました。それは間違いないですか?」

「ああ、そうだ。たしかに彼女から聞いたよ。間違いない。まあ腰をおろさないか?」

キャンピオンの薄青い目は眼鏡の奥でぐっと細められていた。グレイシーの恋人は予想とはまるでちがった。

「もしよければ、立っていたいんですけど」ハーバートは少しも無礼とは感じさせない口調で言った。「時間がないので。ぼくは正午からここにいるんです。こいつについて、何か思い当たることがありますか？」

キャンピオンは自分の足元の光り輝く宝の山にじっくり目を走らせた。あるひとつの品が、とりわけ注意を惹いた。ジョージ王朝時代の大きな砂糖振りで、青いガラスの内張りと、手彫りの蔦の葉の透かし模様がほどこされている。葉っぱの一枚の真ん中には、ボートに乗ったキューピッドらしきものが繊細なタッチで彫り込まれていた。

「いやはや！」キャンピオンはつぶやいた。

「あなたは最近、警察の手配書を見ましたか？」ハーバートはいよいよ憤然たる顔つきになり、「ぼくは見ました。この一連の銀器が何を意味するかわかりますか？　これは十五日の夜に、マンチェスター広場のとある屋敷から盗み出されたものです。被害に遭ったのはヒューズ＝ベリュー家で、新聞によれば、警察は捜査官たちが好んで〈疑問符〉と呼ぶ人物の行方を追っているとのことでした。これでおわかりでしょうが、あなたやプライエル嬢が何と言おうと、ぼくはこれを持って警察へ行くしかありません。どうしても。それがぼくの義務であり、またある意味では、特権ですからね。怠れば自分に申し訳が立たない。これはぼくが見つけたものだ、ぼくが届け出るべきです。貴人の仮面をかぶった危険な犯罪者の存在を知ってしまったからには、プライエル嬢にはほんとに気の毒だけど、ぼくにはどうしようもない。己の義務を果たすしかないんです」

キャンピオンはちょっぴり目まいがしてきた。

「いいかな、ハーバート」彼はようやく切り出した。「ちょっとはっきりさせておきたいんだが。きみはよもや、サー・マシュー・ピアリングが怪盗〈疑問符〉だと告発したりするつもりじゃなかろうね？」

ハーバートのきらめく茶色い目に闘志がみなぎった。

「ぼくは知ってることを残らず警察に話すつもりです。こんなことをしたやつは代価を支払わされて当然なんだ」

キャンピオンの思考は、この突拍子もない事態をどうにか把握すべく格闘していた。

「だが一緒にヤードへ行くまえに、ぼくに一部始終を話してくれたほうがよさそうだぞ」

「それって、スコットランド・ヤードのことですか？」相手の口調がとつじょ敬意を帯びた。「じつはずっと、あそこへ行ってお偉方と会ってみたいと思ってたんです」ハーバートは天真爛漫《らんまん》に言った。「こいつをそこらの警察署へ持ち込んで、横柄なヘボ警部に手柄をさらわれるはめになるんじゃないかと心配してたんですよ」

「ああ、ちゃんとスコットランド・ヤードに連れてくつもりだよ」少々馬鹿げた気分になりながら、キャンピオンは請け合った。「あそこへ行って、よければ警視とお茶でも飲もう。で、きみはこの膨大な証拠品をどこで手に入れたんだ？」

ハーバートはにっこりした。〝スコットランド・ヤード〟という名称を耳にして、にわかに子供じみた人なつこさが顔を出したようだ。彼は腰をおろした。

「それが何と、チャリング・クロス駅の手荷物預かり所なんです。驚きでしょう？」

「まったく驚きだ」とキャンピオン。「荷物の引換券はどこで手に入れたんだい？」

「ああ……」ハーバートは彼を見あげた。「どこだと思います？ ほかならぬ閣下のありがたいスーツのポケットからですよ。本当です。証人もいます」

キャンピオンには、前日の午後にクロエと会ってからというもの、人生そのものが何やら突飛な様相を帯びつつあるように思えた。それはもっぱら彼女の特異な個性のせいだとみなしていたのだが、これはいくら何でも限度を超えている。彼は自分の耳を疑いはじめた。

彼の当惑ぶりに、ハーバートはにやりと笑みを浮かべた。

「ことの次第を話します。あなたは少々面食らってるようだけど、無理もありません。ぼくだって最初にこのスーツケースを開けたときはそうでした。そもそもぼくにサー・マシュー・ピアリングを見張らせたのはプライエル嬢で、彼女はぼくの許婚を通してぼくのことを知ったんです。『とにかくサー・マシューから目を離さないで』とプライエル嬢は言いました。こちらが当然、どんな意味でか尋ねてみると、よくわからないけど、彼にはどう見ても不可解なところがあるとかいうことでした。それがまさに彼女の口にした言葉です――『どう見ても不可解』というのが」

キャンピオンが内心、うめき声をあげているのをよそに、ハーバートは続けた。

「そんなわけで、ぼくは例の紳士から目を離さないようにしました」と、チョッキの上で両手を組み合わせ、「そして何を見つけたか？　長いこと、何ひとつ見つからなかった。あのサー・マシューは狡猾《こうかつ》なやつですよ。何週間も決まりきった生活を続け、使用人たちまでご当人に劣らずもったいぶってるんです。だけどやがて――ひょっこりチャンスが訪れた」

ハーバートは満足げにうなずいた。

「ようやく、ちょっぴりツキに恵まれたんです。サー・マシューには身のまわりの世話をするテュークという使用人がいて、ぼくはそのテュークにうまく取り入りました。彼は怠惰なくせに高給取りの〝近侍〟とやらの一人で、図々しくも自分でアイロンがけする手間を省くために、主人のスーツをスピード仕上げのクリーニング屋に出してることがわかったんです。たぶん、代金は自分で出してるんだろうけど、褒められたことじゃない。こちらはもちろん、何も言わなかったし、結局、彼のそのケチな小細工が幸運をもたらしてくれたんですけどね。今朝、あそこのキッチンにいると——ぼくはよく早めの時間に顔を出すので——テュークから頼まれたんですよ。こっそりクリーニング屋までひとっ走りして、昨夜彼が出した夜会用のスーツを取ってきてくれないかって。そこで店へ行くと、接客係の娘が洗濯物の包みと一緒に、ポケットに入っていたという小さな黒い札入れを渡してくれました。それで責任上、中を検《あらた》めると、一ペニー切手が二枚と手荷物預かり所の引換券が入ってました」

「その札入れは取ってあるんだろうね？」

「もちろん」ハーバートはきっぱりと答えた。「それに、中身は娘の目のまえで調べましたよ。ぼくはすごく用心深いんです。この商売には必要なことだしね。札入れと二枚の切手のこと、それに引換券の番号を彼女にざっと書き取らせて店を出ました。そのあとスーツはテュークに渡し、間違いなく彼の主人のものであることを確認させたけど、札入れのほうは自分で持ったまま、チャリング・クロス駅へ向かいました。手荷物預かり所で引換券を出すと、このスーツケースを渡されたので、係員の目のまえで開けてみたんです。ぼくは中身を見るや、『いいか、きみ』と係員に言いました。『わたしは探偵だ。この顔をよく見ておきたまえ。ほら、名刺を渡しておこう』とね。さらに『このブツも見ておいてくれ。証人としてきみが必要になるだろう』と言ったあと、署名入りの荷物の受領証を彼に渡し、引換券を返してもらいました。受領証のほうは写しを取って、正副の両方に引換券の番号をメモしてあります」

「本当かい？」キャンピオンは徐々にハーバートへの敬意を深めていた。「それで、すぐにプライエル嬢のところへ行くと、ぼくを訪ねるように言われたわけか」

「そのとおりです」訪問者は認めた。「じゃあ、よければもう、スコットランド・ヤードへ行きたいんですけど」

キャンピオンは足元の銀器に目をやり、

「ああ」とゆっくり言った。「ああ。そうだな。そうしたほうがいい。ぼくも一緒に行くよ」

それから一時間少々あとのこと、中央作戦本部のオフィスでデスクについたスタニスラウス・オーツ警視は、薄青い目にかすかな戸惑いの色を浮かべた友人のアルバート・キャンピオン氏をじっと見つめた。

すでにここで一部始終を語りなおしたハーバートは、今はまた別室でいそいそと部長刑事に同じ話をし、巡査の一人がそれをすべて書きとめている。警視の部屋には友人同士の二人だけになっていた。

「とんだ珍事だ」オーツはやおら言った。「むろん、すぐにブートの話の裏を取らせるつもりだし、あれが虚偽の可能性もないではないが、わたしはだんぜん事実だというほうに賭けるね。あの手のやつはよく知っている——警察にも大勢いるからな。何とも驚くべき事態だよ！」

キャンピオンは考え込むような目をして煙草に火をつけた。

「ああ、われらがハーバートは嘘などついていません。ハーバートは真っ正直なやつですよ。で、あれはたしかに例の盗品なんですね？」

「間違いない」オーツは隅のテーブルに置かれた傷だらけのスーツケースにちらりと目をやった。「その点は疑う余地はない。きみもベイカー警部の話を聞いたろう。あいつはあの件の責任者だからな。ひとつひとつ写真を見て、詳細を頭にたたき込んでいる。それに、なあきみ、あれだけそろっているんだぞ。あれはたしかに、怪盗〈疑問符〉によるマンチェスター広場窃盗事件のブツさ。間違いない。手荷物預かり所の係員とクリーニング屋の娘に当たって問題がなければ、サー・マシューに事情を訊くことになるだろう。それしかない。例の引換券の出所を知る必要があるからな。彼はきっと納得のいく説明ができるのだろうがね、とにかくそれを聞き出さんことには」

キャンピオンは両手をポケットに突っ込み、痩せた顔に困惑の色を浮かべた。

「それはひどくまずいことになるんじゃないのかな?」彼は遠慮がちに口にした。「あなたがたは話の根拠を示すためにハーバートを引きずり出すことになるだろうし、そうなれば彼は自分の立場を守るために、プライエル嬢の名前を出すしかないはずだ」

きわめて心優しく同情深いオーツ警視は、遺憾だとばかりに両手のずんぐりした指を広げた。

「サー・マシューは弁護士だ。いずれは彼女の関与をつきとめるだろう。とうてい隠し通せるものじゃない。まあ、彼女が自ら招いたことだしな」

キャンピオンはうなずいた。「とはいえ、彼女をそんな目に遭わせるのは気の毒に思えてね」彼は顔をしかめた。「どう考えたって、サー・マシュー自身が〈疑問符〉のはずはないんです。彼をこの件に引きずり込むのは酷ですよ。彼は決してクロエを許さないでしょう。そういう男じゃありませんから」

警視はにこりともしなかった。「ああ、ああ、わかってる。きみに言われるまでもなく、こちらだってその娘さんのためにできるだけの配慮をしたいんだ。彼女は間接的に、たいそう重要な手がかりを与えてくれたのだからな。だがほかにどうすればいいんだ？　教えてほしいものだね」

角縁眼鏡をかけた長身の若者はしばし黙りこくった。と、前日の午後にクロエと訪ねた銀細工店でふとひらめいた漠たる考えが、とつぜんあざやかに脳裏に浮かびあがった。その考えはあれからずっと、ときおり彼の意識の扉をノックしていたのだ。キャンピオンは目をあげ、勢い込んで尋ねた。

「例のスーツの引換券の番号は何番でした？」

「手荷物預かり所の引換券か？」

「いや、それはスーツケースの引換券です。ハーバートがサー・マシューの夜会服を取りにいくときテュークに渡されたクリーニング屋の引換券のほうですよ」

オーツは無言で彼を見つめた。

やがてようやく、「ちょっと待て。ここにあるはずだ。ブートは娘からそれをもらって代わりに受領証を渡してきたと言っていた。抜け目ないやつだよ、あの男は。ほら、あった──161番だ」

オーツは小さな四角い赤紫色の紙片をデスクの反対側へ押しやった。〈バーチ街スピード仕上げクリーニング商会〉という一行きりのちっぽけなロゴの下に、〝161〟という数字のスタンプが無造作に押されている。キャンピオンは紙片の上部を注意深く折りたたみ、上下を逆さまにして警視に返した。

「店の娘があわてててたとしたら？」

オーツはぼさぼさの眉をつりあげて紙片を見つめ、用心深く答えた。

「そういう考え方もあるが──あくまでひとつの考え方だ」

キャンピオンはデスクの上に身を乗り出した。

「今すぐ一緒にそのクリーニング屋へ行ってみましょう。その札入れも持って。ちょっと思いついたことがあるんです」

「ほかにもか？」

「ええ、たぶん。ずっともやもや、気になってたんですよ。ひょっとすると、あなたがたの追ってる男の正体がわかったのかもしれない。怪盗〈疑問符〉に関するふたつの目撃証言──クラージス街の郵便配達夫と以前の犯行時の乳母の証言は、どちらも、彼は猫背の不気味な姿だったという点で一致してたんですよね？」

「ああ、だが〈疑問符〉が走り去るのを目にしたもう一人の女は、彼は背中をのばして駆け出したと言っている」オーツは指摘した。

「ええ、でも彼女は彼を上から見たんです」とキャンピオン。「とにかくそのクリーニング屋へ行ってみませんか」

警視はぶつぶつぼやきながら腰をあげた。

「きみが友人たちのために死ぬほど駆けずりまわるのは勝手だがね。こっちにまで同じことを期待されちゃかなわん。まあいい、ハーバートと部長刑事も連れていこう。きみが何かすごい切り札を隠しもってることを祈るよ」

「同感です」キャンピオンは熱を込めてつぶやいた。「あの結婚祝いの飾り皿を返品するはめになるのはごめんだからな」


〈バーチ街スピード仕上げクリーニング商会〉の店舗はさほど立派な構えではなく、サー・マシュー・ピアリングの高級フラットがある壮麗な一角からいくらか離れた裏通りにあった。通りの少し先にとめたタクシーの中にハーバートと部長刑事を残し、キャンピオンと警視は接客係の娘と話しにいった。少々わずらわしげな態度だが、決して馬鹿ではなさそうな娘だ。

彼女は窓辺のプレス機のそばを離れ、彼らの質問に注意深く耳をかたむけた。ハーバートが店に来たことはよく憶えており、彼が残していったスーツと札入れの受領証を即座に取り出してみせた。彼女はさらに前夜、常連客であるテュークが夜会服を持ち込んだことも憶えていた。店の正規の引換券にも見覚えがあるという。

「〝161〟ね」彼女は言った。「憶えてるわよ」

キャンピオンは赤紫の紙片を逆さにしてみせた。

「〝191〟に見えたってことはないかな？　急いでるときにありがちな間違いだけど」

娘はロンドンっ子らしい鋭い目で彼を見あげた。

「そういうこともあるかもね。でもちがうわよ。あたしはちゃんとそのスーツを憶えてるもの」

「そうだろうとも、お嬢さん」オーツがとびきり慈愛に満ちた笑みを浮かべた。「だが、問題はそういうことじゃないんだ。われわれが興味を抱いてるのはこの札入れのほうなのさ。クリーニングに出された服のポケットに何かが入ってたときにはどうなるのかな？」

娘の表情がぱっと晴れ、「なんだ、それなら――ちょっと待ってて」

彼女が店の奥の部屋へ向かうと、オーツはすばやくキャンピオンに目をやった。

「頭の切れる子だ。ついてるぞ」

「ジョージ」娘が叫んだ。「ちょっと来てくれる?」

薄汚れたズボンとランニングシャツを着たのっぽの男が、顔と腕をタオルで拭いながらアイロン室からあらわれた。

「兄のジョージよ」娘が説明した。「スーツは彼の担当なの。きっとそちらの知りたいことを知ってるわ」

ジョージは警視が見せた黒い札入れに用心深く目をこらし、それからようやく口を開いた。

「そうです。チョッキの内ポケットに入ってるのを見つけたんです。そのときはほとんど空っぽで――中身は切手が二枚と何かの半券だったかな」

「そのとおりだよ。ろくに価値はないものだ。だがきみはそれをどうしたんだね?」

「ここに入れました。何か見つけたときには、いつもそうするんですよ」

ジョージが勘定台の抽斗《ひきだし》のひとつを開けると、中にはいくつかの小物がきちんと収められ、それぞれに紙の札がつけられていた。

「ね?」ジョージは言った。「見つけたものはぜんぶここにしまって、それが入ってたスーツの番号を書いたメモを上に乗せとくんです。そうすれば妹が服を渡すとき、番号を照合して持ち主に返せるでしょ」

キャンピオンは安堵のため息をついた。

「それなら、たとえば〝161〟と〝191〟を見間違えることもあり得たはずだよね？」

ジョージはためらい、「かもしれないな。とにかくひとつ、参考までにつけ加えると、その札入れは茶色いツイードのスーツのチョッキの内ポケットから取り出しました。それははっきり憶えてる——茶色いツイードのスーツです。何番のだったかはわからないけど」

接客係の娘がさっと台帳の上に身をかがめ、何やら判読不能な文字の列に指を走らせた。

「あなたの言うとおりよ」にっとキャンピオンに笑いかけ、「そういうことだったんだ。あたしがジョージの書いた数字を逆さまに読んじゃったのね。191番は茶色いツイードのスーツよ。お客さんが半時間ほどまえに取りにきたわ」

警視がくぐもった叫び声を漏らしたが、キャンピオンはかまわず娘に尋ねた。

「ちょっと待った。ひょっとしてその客はすごく背の高い、均整のとれた体格の男じゃなかったかな？　年は五十五から六十歳ぐらいで……たぶん、白髪《しらが》まじりの髪をした」

「ええ、そうよ」娘は驚いたようだった。「帽子をかぶってたから髪は見えなかったけど、若くはなかったわ。すごく背が高かったのが、とくに印象に残ってる。それにちょっとあわててたわね。知らないうちに下宿のおかみさんがスーツをクリーニングに出しちゃったとかで――頭にきてるみたいだった。その札入れのことは何も訊かれなかったけど」

「ああ、そうだろう」とキャンピオン。「たぶん、それに注意を向けさせたくなかったんだよ」

「やつはもどってくるはずだ」オーツがとつぜん口をはさんだ。「洗濯物のカバーをはずして札入れが失くなってるのに気づいたら、きっとここへもどってくる――こっちの姿に気づかなけりゃな。さっさと退散しよう。いいかね、お嬢さん、これが例の札入れだ。切手が二枚と引換券が入ってる。その客が来たらこれを渡して、何はともあれ、そいつに疑念を抱かせるようなまねだけはせんでくれ。あんたを当てにしていいな?」

娘はうなずき、引きしまった有能そうな手を黒い札入れにのばした。

警視は友人をせきたてて店から出ると、タクシーの中で待機していた部長刑事にいくつか指示を与えた。

「了解です、警視」部長刑事はフェルト帽に手を当てた。「わたしはここでそいつを待ち伏せして尾行します。ぜったい逃がしませんよ」

オーツはうなずき、キャンピオンを車内に押し込んだ。

「まずヤードに寄ってブツを取り、それからチャリング・クロス駅だ」彼は手短に言った。「きみもそのつもりだったんだろう、キャンピオン？」

年下の男は座席の背にもたれ、満足げに言った。

「完璧です。しっかり足場を固めてかかるにかぎりますからね」

小さな隙のない目を興奮にきらめかせてなりゆきを見守っていたハーバートが、思い切ったように尋ねた。

「今度はサー・マシューに会いにいくんですか？」

キャンピオンはちらりとオーツに目をやり、

「いや」と答えた。「がっかりさせて悪いが、ハーバート、ちがうんだ。さしあたり、あの名士の出番はない。ただし、これから会いにいく相手も有名人のはずだし、彼があらわれたら指紋を採らせてもらうことになるだろう」

警視が鋭い目で疑わしげに友人を見つめた。

「ちょっと訊かせてほしいんだがね。われわれが追ってるその男について、きみは何を知っているんだ？　そいつをいつ目にしたんだね？」

「見たことはありません」キャンピオンは答えた。

「じゃあ、あの娘にした年恰好の説明は何だったんだ？」

「あれはなかなか上出来だったでしょう？」キャンピオンはにやりとした。「適当にでっちあげたんですよ」

　オーツは抗議しようと口を開きかけたが、ハーバートがうっとり見つめているのに気づいて思いなおした。

「あとで二人きりになったら見てろよ」警視はつぶやいて窓をコツコツたたき、もっとスピードをあげるように運転手をせっついた。

　その後の十五分間、ろくに言葉を交わす暇はなかった。タクシーはスコットランド・ヤードの本部に立ち寄り、二人の私服刑事と銀器の入ったスーツケースを乗せたあと、すばやく向きを変えて猛スピードでチャリング・クロス駅へと向かった。

　駅に着くとオーツはキャンピオンとともに、手荷物預かり所の窓口がよく見える絶好の位置にある出入り口に陣取った。「相手がこちらの見込みどおりのタイプなら、長く待たされることはないはずだ。やつはあの引換券を手にするや、ここへ駆けつけて荷物が無事か確かめようとするだろう。あの娘《こ》はうまくやってくれるはずだよ」

キャンピオンはさりげなく駅の構内に視線を走らせ、新聞の売店のそばで人ごみに紛れてぶらぶらしている二人の私服刑事に目をやった。

「手荷物預かり所の係員が彼らに合図してくれることになってるんですよね？」

オーツはうなずいた。「ああ、ちゃんと話はつけてある。優秀な男だよ、あの係員は。ハーバートの話を確認したときも、じつにしっかりした答え方をしていた。どのみち、うちの連中は彼を頼るしかない。自分たちが誰を待ってるのか見当もつかないんだからな」

キャンピオンは咳払いして、小声で言った。

「彼を見逃すことはないでしょう。いやでも目につくタイプですから」

オーツはくるりと向きなおって問いつめた。「ちくしょう、キャンピオン、きみはいったい何を知っているんだ？　例の背の高い初老の男の話だが——あれはどこから聞き出してきた？」

「しっ」キャンピオンは押しとどめるように友人の腕に手をかけ、人ごみの中を大股に進んでくる男のほうにあごをしゃくった。ひときわ目につく、風格すら感じられる男だ。見あげるばかりの長身で、ぴんと背筋をのばしている。きれいに髭を剃った彫りの深い顔は、若いころにはさぞかしハンサムだったにちがいない。

オーツが身をこわばらせ、両目にゆっくり驚愕の色が広がった。

「見憶えがありますか?」キャンピオンはささやいた。

「ああ、たぶんな」警視が感嘆のにじむ声で答えて足を踏み出すのと同時に、二人の私服刑事が売店の陰から飛び出した。彼らは、手荷物預かり所のカウンターからずっしりした傷だらけのスーツケースを取りあげた男に左右からつかみかかった。揉み合いはほんのつかのまだった。

長身の男が鋭い目を刑事たちに向け、こう口にしたのだ。

「わたしは格闘するには年を取りすぎたようだ、諸君。静かに同行するよ。品物はすべて鞄の中だ——ああ、それは知ってるわけだな?」

キャンピオンと本部へもどるあいだも、静まり返った車内で警視はまだ考え込んでいた。

「もう三十年近くもまえになるだろう」やがてついに、オーツは言った。「わたしはテムズ・コート署の巡査部長で、あいつはたしか二日間ほど、そこに勾留されていた。名前は思い出せないが、さっきは一目でやつだとわかったよ。むろん、昔よりずっと老けてはいるが、あの背の高さや顔立ちは間違えようがない。ええと、名前は何といったか……」

キャンピオンはためらい、遠慮がちに言った。「〈金ピカ野郎〉と聞いて何か思い当たりますか？」

「〈金ピカ野郎〉！　ああ、それだ、〈金ピカ野郎〉だよ！」警視の声が興奮のあまりうわずった。「たしかに手口も同じで——古い銀器をアムステルダムの故買屋に送ってたはずだ。そう、あいつだ。いやはや、キャンピオン、どうしてわかった？」

年下の男は満足げだった。

「いやほら、ふと思いついたんですよ」キャンピオンは控えめに言った。「たまたま昨日、フローリアンの店で窃盗事件の話をしてたら、彼が往年の銀器泥棒たちの思い出話をはじめてね。そのとき〈金ピカ野郎〉のことにも触れ、出所後はさっぱり噂を耳にしないと言ってたんです。それにフローリアンによれば、〈金ピカ野郎〉は完璧な近衛兵の扮装で盗みを働いてたそうですね」

「そうそう。いつも近衛兵の姿だったよ。ああした連中の虚栄心は驚くばかりだな。戦前の近衛兵はそれは華やかで、ロンドンのあちらこちらで見かけられたものだ」

キャンピオンはかまわず先を続けた。

「ぼくはその奇抜な扮装に興味を惹かれました。そしてその件と、あなたがたが追ってる謎の〈疑問符〉について思いめぐらすうちに、二人の驚くべき共通点に気づいたんです。もちろん、それがどういう結果につながるのかはわからなかったけど――ハーバートの仕事の成果を聞いて、あれこれ考え合わせるまではね」

　オーツはかぶりをふった。

「降参だ。〈疑問符〉と〈金ピカ野郎〉の共通点なぞまるで思いつかんよ。一人は走るときだけ背中をのばす猫背の不気味な男、かたやもう一人は、深紅の軍服で飾りたてた目立ちたがり屋だ。たしかに、どちらも銀器を盗んでいるが、それ以外の共通点がわかるなら、きみはわたしより賢いか、頭がどうかしてるかのどちらかさ」

「あなたに欠けてるのは想像力ですよ、警視」キャンピオンは嘆かわしげに友人を見つめた。「あの男を思い浮かべて……心の目で眺めてみてください。どうにも隠しようのない、いちばんまずい特徴は何ですか？　あの背の高さです。さあ、それを考えて！　彼はどうするはずかな？」

「そうか！」警視はさっと背筋をのばした。

　そしてゆっくり、切り出した。「なるほど。そのとおりだよ。すぐには思いつかなかったが。若いころには軍服が隠れ蓑《みの》になり、やつのあの背丈を目立たなくしてたんだ。深紅の制服を着た長身の近衛兵などみんな見慣れていたからな。むしろ、小男だったら奇妙に見えたろう。だが娑婆《しやば》にもどって仕事を再開するとき、やつは何かほかの手を考えなければならなかった。そこで仕事中は猫背を装い、大急ぎで逃げるときだけ背中をのばすことにしたんだ。だが、ちょっと待てよ。〈疑問符〉が走り去るのを目撃したメイドは、背の高さには触れてなかったぞ」

「それは見えなかったからですよ」とキャンピオン。「彼女は彼を上のほうから見ただけだ。ぼくが疑念を深めた理由はそこなんです。ところで、もうサー・マシューと話す必要はなさそうですよね？」

「ああ、一件落着だ」オーツは満足げに言った。「やつが現物を持ってるところを押さえたんだ、それでじゅうぶんだろう。きみはまたもや窮地を脱したぞ、キャンピオン。いや、窮地を脱したのはきみの女友だちのほうかな。彼女によろしく伝えて、幸運な友を持つあんたはじつに果報者だと言ってやってくれ」

キャンピオンは抗議しようと口を開いたが、思いなおした。過去の経験からして、警官には利口者だと思われるより、幸運なやつだと思われたほうがはるかにやりやすいのだ。彼はしばし無言で、口元にかすかな笑みをたたえて窓の外を眺めた。

警視がちらりと彼に目を向け、

「今度は何を考えてるんだ？」と疑わしげに尋ねた。

「いや、ふと気になって」キャンピオンはありのままに答えた。「ちょっと考えてたんです――メイドのグレイシーは、次は誰と婚約するのかなって」

未亡人

The Case of the Widow

メイフェア地区で二番目に愛らしい令嬢が、スタニスラウス・オーツ警視に礼を述べていた。ダイヤモンドのブレスレットとスクエアカットのエメラルドの指輪を無事に取りもどしてもらったからだ。その儀式に同行したアルバート・キャンピオン氏は、彼女の技量に舌を巻いていた。

彼女はじつに魅力的に謝意をあらわしていた。じっさい、そのただならぬ魅力のおかげで、警視の陰気な狭苦しいオフィスはいつもと打って変わって園遊会さながらの華やぎを帯び、当の警視はさらに目覚ましい変化を遂げていた。

オーツは得意満面で、気むずかしげな細長い顔を上気させている。この訪問者のために用意していた《犯罪を誘発する軽率さ》、あるいはもう少し直截《ちょくせつ》な、《当然の報いを招く愚かしさ》に関する短い講義のことなど忘れ果てているようだ。

それは愉快きわまる光景だったので、ひょろ長い脚を組んで来客用の椅子にすわったキャンピオン氏は、角縁《つのぶち》眼鏡の奥の薄青い両目を躍らせ、心の底から楽しんでいた。と、レオニー・ピーターハウス＝ヴォーン嬢が光り輝く目で警視のいささか面映《おもは》ゆげな顔を見あげ、真剣そのものの口調で言った。

「ほんとに、あなたはすばらしい方だわ」

どれほど甘い言葉も、山と浴びせられれば食傷するだけだ。キャンピオンは旧友の消化能力を大いにあやぶみ、咳払いした。

「オーツ警視だって失敗することはあるさ」彼は思い切って口をはさんだ。「そりゃあ、全能なわけじゃないからね。ごく普通の男だ」

「本当に？」レオニーは愛らしく驚きを示した。

「ああ、たしかに。しょせんは、お嬢さん、われわれもただの人間ですからな」警視はキャンピオンに非難がましい目を向け、「ときには少々、期待に添えないこともある。むろんそんな場合には、このキャンピオンに助けを求めるわけですよ」と、ちらりと悪意を込めて言い添えた。

レオニーの快い笑い声に、オーツの苛立《いらだ》ちは見る間に鎮まった。

「しかしときには彼でさえ、わたしたちを助けられない」勢いづいた警視は、〝武勇伝には強敵が不可欠〟という理屈を思い出したのだろう、いつもの用心深さもどこへやら、嬉々として説明しはじめた。「中には毎度、まんまと逃げおおせてしまう悪党がいるのです。ちょうど今もこのロンドンには、数えきれないほど厄介ごとを起こしてきたやつがいましてね。こちらは彼の正体も住処《すみか》も知っていて、昼夜を問わずいつでもしょっぴける。だが何か彼を有罪にできるような証拠をつかんでいるか？　立派な市民へのいやがらせだと糾弾されることなく、ほんの十分間でも彼を拘束しておけるか？　どうだろう？　いやはや、とても無理でしょうな」

レオニーの戸惑ったような興味の表情は、たいそう自尊心をくすぐるものだった。

「とってもわくわくするお話だわ。その男って誰ですの？　それとも、話しちゃいけないのかしら？」

警視はかぶりをふった。

「完全な規則違反です」と残念そうに言ったあと、相手の落胆ぶりを目にして、今もったいぶった発言は少々失敗だったと感じたようだ。オーツは態度をやわらげ、己の良心とひそかな虚栄心——彼にそんなものがあろうとは、これまでキャンピオンは思ってもみなかったのだが——の妥協点を探った。「だがまあ、これをお見せしましょう」と警視は譲歩した。「たいそう好奇心をそそるものです」

レオニーのうっとりとした視線を浴びながら、オーツはデスクの抽斗《ひきだし》を開け、一週間まえのロンドンの夕刊紙から破り取られた紙面を取り出した。求人欄の小さな広告が青鉛筆でぐるりと囲まれている。レオニーが勢い込んでそれを受け取ると、キャンピオンはものうげに立ちあがり、彼女の肩越しに目を走らせた。


〈求む〉子供たちのパーティにぴったりの芸人さん。適任者には高額の謝礼。いつでも夜間に直接ご応募を。

W一、ブラックナム・ガーデンズ十三番地、未亡人

レオニーはその文面を三回読んで目をあげた。

「ごく普通の広告みたいだわ」

オーツはうなずき、「世間の誰もがそう思うでしょうな」と、偉ぶった響きをいっさい込めずに奥ゆかしく言った。「ある一点をのぞけば、われわれの注意を惹くこともなかったはずだ。その一点とは、この名前と住所です。さきほどお話しした男は何と、ブラックナム・ガーデンズの十三番地に住んでいるのですよ」

「彼は未亡人《ウィドウ》というの？　おかしな名前！」

「いや、お嬢さん、そうではなく……」とんだ罠にはまってしまったことに遅まきな

がら気づき、オーツはあわてたようだった。「これは本来、お話しすべきではないのですがね」と、いかめしく続けた。「この紳士は――さっきも言ったとおり、こちらはまだ彼を罪に問えるような証拠を手にしていないわけだが――犯罪者仲間には〈未亡人《ウィドウ》〉なる呼称で知られているのです。それでわれわれはこの記事に興味を抱いたのですよ。要するに、これは手先を募集する広告で、やつは厚かましくも自宅の住所を使っているのです！　広告番号だけ乗せて住所を伏せることすらせずに」

キャンピオンが旧友をしげしげと見た。いくらか興味をそそられたようだ。

「これに応じて誰か送り込んでみましたか？」彼は尋ねた。

「ああ、やってみた」警視は重苦しい口調になった。「哀れな若手のビリングズはその家で小一時間も戯歌《ざれうた》を歌わされ、かたや未亡《ウィ》――つまり例の男は、にこりともせずにそれを見ていた。そして最後に、警察の音楽祭にでも出たらどうかと言ったそうだよ」

レオニーは同情しきった顔をしている。

「何てひどいの！」その重々しい口調に、キャンピオンはこれ以上ないほど感服した。

「さらにもう一人送ったが」警視は続けた。「あちらに着くなり、もう適任者が見つかったと使用人に告げられた。その家を見張ってもみたが、容易なことじゃなかったよ。三日月形の広場じゅうが子供相手の芸人志望者であふれんばかりだったんだ」

「じゃあ、彼の狙いはわかっていないんですね？」キャンピオンは面白がっているようだった。

「さっぱりだ」オーツは認めた。「だが、いずれは尻尾をつかんでやるさ。こっちの全財産を賭けてもいい。やつはあのいまいましい〈フェザーストーン事件〉の首謀者だし、バーキングの一件で捜査網をすり抜けたのも間違いなくあいつだよ」

キャンピオンは眉をつりあげ、「ゆすりと密輸ですか？　なかなか多才な人物みたいだな」

「あいつは何でもやりかねん」オーツは断言した。「文字どおり何でもだ。あいつを仕留めるためならいくらでも積むよ。だが子供相手の芸人にいったい何の用があるのか見当もつかんね――これがじっさい、芸人を求める広告だとすればだが」

「ひょっとして、彼は子供たちのパーティを開きたいだけなんじゃないかしら？」レオニーが意見を述べ、警視があきらかにこれまで考えてもみなかったその可能性を考慮しているうちに、別れの挨拶を切り出した。

「じゃあほんとにありがとうございました、ミスタ・オーツ。わたしがあなたをどれほどひどく頭のいい方だと思ってるか、それに、どれほどすごく感謝してるか、とっても言葉にできません。もう二度とこんなとんでもないお手間をかけさせないように、いやってほど気をつけますわ」

奇妙きてれつな言葉遣いにもかかわらず、それはなかなか愛らしいスピーチで、警視はにこやかに微笑んだ。

「お役に立ててさいわいです、お嬢さん」

キャンピオン氏は令嬢を彼女の母親のダイムラーに乗り込ませ、自分もとなりに腰をおろすと、じっと冷ややかな目を向けた。

「みごとなパフォーマンスだったよ。で、その腹黒い小さな心に少しでも本物の感謝の念が萌《きざ》したら、きみはいったいどんな言葉を口にするんだ？　気の毒なオーツ！」

ピーターハウス＝ヴォーン嬢はにやりと笑みを浮かべた。「なかなか上出来だったでしょ？」悦に入った口調だ。「あの人って、けっこう間抜けなおじちゃまね」

キャンピオンはショックを受け、そのことをはっきり口にした。

「オーツ警視はきわめてすぐれた警官だ。もちろん、それはとっくにわかっていたが、この午後、ぼくは彼の大いなる騎士道精神に気づいたね。ぼくが彼の立場なら、きみのような娘には少々意見してやってるところだぞ。高価なダイヤやエメラルドをそこらのレストランの石鹼皿に置き忘れておいて、それを取りもどしてくれとスコットランド・ヤードに笑顔で乗り込むなんて図々しいにもほどがある。気の毒なオーツはきみのために奇跡を起こしてくれたのに、それを間抜けなおじちゃま呼ばわりするとはな」

レオニーは若さの力で、少しも魅力をそこなわずに恥じ入った顔をした。

「あら、わたしだって感謝してるわ。彼はすばらしい人だと思ってる。でも、ほかの誰かさんほど最高に冴えてるとは思えないのよ」

「いや、それは嬉しいけどね」キャンピオンは態度をやわらげる気になった。

「あら、あなたのことじゃなくてよ、おあいにくさま」レオニーは彼の腕をぎゅっとつねった。「わたしは例の〈未亡人〉のことを言ってるの。ほんとにすごい度胸だと思わない？　堂々と自宅の住所を出して、警官に歌わせたりするなんて……愉快だわ！」

レオニーの連れは、厳しい目で彼女を見おろした。

「そんなやつを英雄視するものじゃないぞ」

「どうして？」

「なぜって相手は悪党だからさ、お馬鹿さん。彼がいくらか興味深く見えるのは、つかまらずにいるうちだけだ。いずれはきみの崇拝者のおじちゃま警視の手で牢屋にぶち込まれ、ただの囚人でしかなくなる。ロマンチックどころじゃなくなるさ」

レオニーはかぶりをふった。

「彼はつかまりっこないわ。もしもつかまるとしたら——悪いけど、あなたやミスタ・オーツよりずっと頭のいい人にでしょうね」

キャンピオンのプロとしての誇りに火がついた。

「それに何を賭ける？」

「何でもあなたの好きなものを」レオニーは答え、「ただし二ポンドまでよ」と抜け目なく言い添えた。

キャンピオンは笑った。「この娘《こ》もついに用心することを学びつつあるぞ！　じゃあ、それを忘れずにいてくれよ」

その後、話題はピーターハウス＝ヴォーン嬢が〈賢者〉の役を務めた前日の慈善素人芝居へと移り、なごやかな会話はやがて、間近に迫ったピーターハウス＝ヴォーン家の一大行事へと自然に流れていった。レオニーの兄デズモンド・ブライアンの息子で、彼女にとっては甥であり、アルバート・キャンピオン氏の名づけ子となるデズモンド・ピーターハウス＝ヴォーン坊やの洗礼式の話だ。

その名づけ親としての新たな責務から、キャンピオン氏がもうひとつのちょっとした優雅な儀式にのぞむことになったのは、洗礼式の数日後、レオニーがオーツ警視の多感な心をもののみごとに征服してから三週間ほどのちのことだった。

その日、キャンピオンは市内東部中央地区のチーズ街にシスルダウン氏を訪ね、彼とともに地下の貯蔵庫にうやうやしく足を踏み入れた。

シスルダウン氏は小柄ながら、威厳に満ちた老人だった。波打つばかりの白髪《はくはつ》を戴くその風貌は、アザミの綿毛《シスルダウン》という素朴な名前より、むしろ彼の天職にこそふさわしそうだった。一七九八年創業の小規模ながら高名な輸入ワイン商、〈シスルダウン盟《フレ》友《ンド》・嗣子商会《アンド・サン》〉の長たる彼は、六十五歳未満の顧客とじかに接することはめったになかったが、それというのも、こと高給ワインに関しては、人類は六十五歳にしてようやく一人前の目利きになると信じきっていたからだ。

しかしながら、キャンピオン氏はべつだった。彼はまだほんの若造だとはいえ、将来有望な人物だ。シスルダウン氏はこの顧客の用件をしかるべき重みをもって受けとめた。

「デズモンド・ピーターハウス＝ヴォーン坊やのためにお取り置きしておく、十二ダースのポートワイン……」老店主はそれ自体がふくよかな味わいをもつとでもいうように、舌の上で言葉をころがした。「ええと、今は一九三六年の暮れか。では二七年産のものがよろしいでしょう。それならあなたの名づけ子が四十歳になったころには——彼はよもや、それ以前に飲みたがったりはせんでしょうからな——五十年まえの極上のヴィンテージ・ポートが待ち受けているはずです」

続いてじっくり、少々熱した討議が交わされた。といっても、キャンピオンはいっさい意見をはさまないだけの経験を積んでいたから、それはむしろ老店主の独白に近かった。クロフト、テイラー、ダ・シルヴァ、ノヴァル、フォンセカといった銘柄の相対的な利点が慎重に考慮され、そのあとついにキャンピオンはこのよき助言者に導かれて聖なるトンネルの奥へと歩を進め、一九二七年産テイラーの貯蔵棚のひとつに手ずから封印をほどこしたのだった。

シスルダウン氏はピーターハウス＝ヴォーン家の息子が三十歳になるまでこの酒に手をつけさせないという規約を定めたがったが、キャンピオンのほうは、通常の相続権が生じる二十一歳という年齢を希望した。最終的には妥協案の二十五歳で合意して、二人の紳士は後世に恩恵を与えた者たちならではの快い達成感にひたりつつ、シスルダウン氏の応接室へしりぞいた。

そこは居心地のよい部屋だった。応接室といっても、アーチ形の天井に覆われた貯蔵庫のいちばん広い一角に空き瓶を積んで作られたあずまやに、頑丈な船の廃材でできたテーブルと椅子が置かれているだけだ。シスルダウン氏はそのテーブルのかたわらで足をとめ、口を開きかけて、ためらった。あきらかに何かが気になっているようだ。これまでずっと彼のことをいささか人間離れした、いわばワインの滓《おり》の化身のように考えていたキャンピオンは興味をそそられた。

やがて、意を決した店主は短い演説を開始した。

「ポートワインやクラレットの品定めには、年配者の経験が必要です。だが蒸留酒の場合はまったく話がべつだ。たとえ百歳まで生きようと、最上のラム酒の微妙な差異が理解できない者たちもおりましょう。蒸留酒を見分けるには、生まれながらにある種の味覚を備えていなければならないのです。そこでキャンピオンさん、ひとつブランディの味見をお願いできますまいか?」

訪問者はぎょっとした。常に謙虚で、目利きを気取ったりはしないキャンピオンは、きっぱりそれは無理だと辞退した。

「どうですかな」シスルダウン氏はひたと彼を見つめた。「わたしが何年間か拝見したかぎりでは、あなたは真に味のわかる稀有な若者のお一人のようだが。ちょっとお待ちを」

店主はあずまやから出てゆくと、地下の貯蔵庫に棲息する隠者たちの中でもとりわけ老いた黴臭《かびくさ》い人物と戸口の向こうで協議しはじめた。

われにもあらず大いに自尊心をくすぐられ、キャンピオンは椅子の背にもたれてなりゆきを見守った。ほどなく、若めの下僕——たったの五十歳かそこらだろう——が大きな丸いグラスをいくつか乗せたトレイを手にあらわれた。そのあとには二本の酒瓶を持った年かさの男が続き、行列の末尾には、何やら大きなシルクのハンカチをかぶせたものを手にしたシスルダウン氏の姿がある。彼はキャンピオンと二人きりになるのを待って、覆いを取り去った。ハンカチがさっとわきに翻《ひるがえ》ると、中身がいくらか減った、ハーフサイズの酒瓶があらわれた。真新しいコルクがはめられ、ラベルは貼られていない。店主がそれを高々と光にかざすと、中の液体が正真正銘の深い琥珀《こはく》色なのが見てとれた。

シスルダウン氏はなおも儀式めいた身ぶりでグラスのひとつを磨き、瓶の中身を大匙一杯分ほど注ぐと、客人に手渡した。

名誉を賭けた勝負にのぞむ男さながらの気分で、キャンピオンは手の中のグラスを温め、わけ知り顔でフンフン匂いを嗅いだ。それからついに、そのしろものをちょっぴり口に含ませてみた。

シスルダウン氏が食い入るように見つめている。キャンピオンはもういちど味わい、ふたたび香りを吸い込んだ。それからようやくグラスを置いて、にっと笑みを浮かべた。

「間違ってるかもしれないけど……すごい上玉みたいですね」

その卑俗な表現に店主は眉をひそめた。それでも判定には満足したようで、喜びと困惑の入り混じった奇妙な顔つきになった。

「わたしはそれを一八三五年のフィーヌ・シャンパーニュと踏みました。真の逸品の至福の舌触りこそないかもしれないが――みごとな、そう、じつにみごとなブランディだ！　わたしがこれまでの人生で味わったうちで三番目です。ちなみに、それはじつに驚くべきことなのですがね」

店主はしばし言葉を切った。そうしてテーブルの端に立った姿は、白い冠毛を戴く老いたオウムを思わせた。

「あなたにそっくりお話しすべきだろうか？」老人はついに、勇気を奮って言った。「ああ――あなたはさだめし、多くの人々に秘密を明かされるのでしょうからな。そんな言い方は失礼かもしれないが」

キャンピオンは微笑んだ。「ぼくは墓石みたいに口が固いんですよ。何かできることがあれば、喜んでお力になります」

シスルダウン氏は安堵のため息をつき、おおむね人間らしく見えるようになった。

「このいまいましい酒は、しばらくまえにわたし宛に送られてきたもので」彼は切り出した。「包みにはジャーヴァス・パピュラスという男からの手紙が添えられていました。あなたはお聞き及びでないでしょうが、数年まえにブランディに関するたいそうすぐれた小論文を書き、愛好家のあいだで評判になった男です。今はスコットランドの某所で隠遁生活を送っているようで、それはまあ、どうでもよいのだが、要するにハーフムーン通りとやらの住所から届いたその手紙を見て、わたしは即座に送り主が誰であるかに気づいたのです。それは非常に礼儀正しい手紙で、よろしければこの試供品の製産年と品質について、専門家としてのご意見をいただけないかというものでした」

店主はかすかな笑みを浮かべた。

「わたしは少しばかり、得意になったといってもいいでしょう。結局のところ、当の相手も高名な大家なのですからな。ともあれ、わたしは通常どおりの味見をし、店の在庫でいちばん古い最高級のブランディと飲みくらべてみました。うちには一八四八年のものが数本と、一八三五年のものが少々あるのです。それでごく慎重に比較して、ついにこの試供品は三五年産だが、うちのものとは配合の異なる品だと結論づけました。パピュラスへの手紙には、保証はできないものの、これこれの価値はあるだろうと意見をしたため、そう考えるにいたった理由も書き添えました」

よどみない声が途切れ、シスルダウン氏の頰が赤らんだ。

「折り返し送られてきた礼状には、今後の取引を考慮する気はないかと記されていました。この試供品とまったく同じ品をいくらでもそちらが望むだけ、税抜きで一ダースにつき百二十シリングで用意できるというのです——つまり、一瓶当たり十シリングで」

キャンピオンはさっと背筋をのばした。「十シリングで？」

「十シリングで」店主はくり返し、「ラジオの受信料と同じです」と、蔑《さげす》むように言い添えた。「そこで当然ながら、キャンピオンさん、わたしは何かの間違いだろうと考えました。当店の一八三五年のブランディは一瓶六十シリングで売られているが、市内のどこを探してもそれ以上のお買い得品はありません。その時代のものは稀少です。あと数年で、とてつもない高値になるでしょう。わたしはこの試供品をもういちど吟味して、自分の最初の意見が間違いないことを確かめました。それから手紙を再読し、奇妙な言いまわしに気づいたのです――〝同じ品をご用意できるはずの取引〟というその文章について、わたしは日がな一日考え、ついに帽子をかぶってこの男に会いに出かけました」

店主はちらりと聞き手の反応をうかがった。キャンピオンは励ますように、小声で相槌を打った。

「それが嘘偽りのない事実なら、逃すわけにはいかないチャンスですからね」

「そのとおりです」シスルダウン氏は微笑んだ。「いざ会ってみると、パピュラスは思いのほか若いが知識は豊富で、なかなか好感のもてる男でした。そこでざっくばらんに、どこであの酒を手に入れたのか尋ねると、彼は奇妙な提案を持ち出してきたのです。まず最初に、あの試供品に満足したかと尋ねられたので、そうでなければわざわざ会いにくるものかと言ってやりました。すると彼は、今はまだ何も話せないが、ある私的な懇談会と〝科学的実験〟とやらに、若干名の識者の参加を乞うつもりだと言うのです。そしてやおら、あなたもどうかと誘ってきました。その会合は今度の月曜の晩に、ノーフォーク州の海辺の小さなホテルで開かれるはずです。パピュラスによれば、そこなら彼の実験にうってつけの条件がそろっているとかで」

キャンピオンはすっかり興味をかきたてられていた。

「ぼくが行きたいぐらいだな」

シスルダウン氏は両手を広げた。

「わたしもそれを考えていたのです。じつは先方のフラットをあとにするとき、階段で見憶えのある男とすれ違いましてね。ここで名前を出す気はないし、彼の店は必ずしもうちの商売敵《がたき》というわけではないが——まあ、どういうことかはおわかりでしょう。ロンドン市内では二、三の老舗《しにせ》が稀少なヴィンテージ物を扱うことで知られています。どの店も同じぐらい有名で、当然ながら、互いにしのぎを削っているのです。だからもしパピュラスがこんな酒でいっぱいの貯蔵庫でも見つけたのなら、わたしは誰にも先を越されずにそれを——とりわけあの値で——買うチャンスを手にしたい。だが過去の経験からすると、これは少々話がうますぎる。そこで思い切ってあなたにお話ししたのです」

ようやく、キャンピオンにも事情が呑み込めた。

「ぼくにその会合に出て、何かうさんくさいところはないか確かめてほしいんですね？」

「そんなことは口にするのもはばかられたのですが」店主は言った。「あなたはすばらしい判断力をお持ちだし、こんな言葉を使ってよければ、調査員としても大した評判ですからな。そんな考えが脳裏をよぎったことはたしかです」

キャンピオンは目のまえのグラスを取りあげ、芳醇な香りを吸い込んだ。

「いや、喜んでやらせてもらいます。こちらの社員の一人になりすませばいいのかな？」

シスルダウン氏はフクロウのようにしかつめらしい顔つきになり、ぶつぶつ言った。

「このような事情では、そのへんは少々厳密さを欠いても大目に見るべきかと……いかがです？」

「いたしかたないでしょう」キャンピオンは答えた。


次の月曜の午後六時半に〝ノーフォークの海辺の小さなホテル〟を目にしたキャンピオン氏の感想は、ここがくだんの実験に最適だったのは経営者にとってはもっけの幸いだろう、というものだった。そこはどう見ても、一般的な冬場の客を惹きつけそうな宿ではなかったからだ。ひなびた風情《ふぜい》が出るほど古くはない大きな田舎じみた酒場《パブ》兼宿屋《リックハウス》で、活気のない寒々とした村から少々離れた小路の先にぽつんと建っている。夏にはさぞや多くの野外行楽者たちの根城となるのだろうが、冬の今はひっそり静まり返っていた。

それでも、中はまずまず暖かくて居心地がよく、ラウンジの炉辺にはいっぷう変わった小さな一団が腰をおろしていた。今夜の主催者がキャンピオンに挨拶しようと立ちあがると、キャンピオンはすぐさま相手のただならぬ個性に目をとめた。

パピュラスは控えめで人あたりのいい長身の男で、優雅な服装と印象的な顔立ちをしていた。落ちくぼんだ黒い目は知性にあふれ、幅の広い口にはときおり人なつこい笑みが浮かぶが、いちばんきわだった特徴は、鉄灰色の髪の生え際の線だった。ひいでた額の真ん中にV字形に切れ込んだその線のおかげで、ひどく変わった、悪魔的な風貌になっている。

「フェローズさんですね？」彼はキャンピオンがシスルダウン氏と取り決めた偽名で呼びかけてきた。「今朝がた、おたくの事務所から連絡がありました。もちろん、シスルダウン氏にお越しいただけないのは非常に残念ですが、あの方の手紙には、あなたをご自分の分身とみなしてほしいとありました。たしか、フランス側の業務を取りしきっておられるとか」

「はい。たまたま昨日は英国にいたところ、シスルダウン氏にこちらへうかがうように言われまして」

「なるほど」相手はその説明に満足したようだった。キャンピオンは穏やかで無害な、少々間の抜けたところさえある若者に見えたのだ。

そのあと、暖炉を囲んだ他の面々に紹介されたキャンピオンは、シスルダウン氏の推測が正しかったことに気づいて興味をそそられた。半ダースほどの小規模だが由緒ある一流ワイン店の代表者が顔をそろえ、その大半は店主が自ら足を運んでいる。

それでいながら、共通の関心事をもつ者たちならではの会話がはずんでいるふしはない。むしろ、あきらかに警戒し合っているようだ。身近なライバル同士である彼らは、互いにここで顔を合わせるとは思ってもいなかったのだろう。

ただ一人、パピュラスだけが周囲の困惑に気づかず嬉々としているようだった。彼はその場の中心を占める椅子の背後に立ち、満足げに周囲を見まわした。

「こうしてみなさんにお越しいただき、まことに感謝に堪えません」深みのある、快い声だった。「いや、じつにありがたい。わたしがこの件の検証には専門家、それも業界屈指の専門家たちの協力が必要だと考えたのは、これが革命的な――まったくもって革命的な技術だからなのです」

どこかしら尊大な態度の大柄な老紳士が彼を見あげた。

「で、われわれはいつそのごたいそうなものを見せてもらえるのかね、パピュラス君」

主催者は弁解がましい笑みを返した。

「たぶん夕食後になります、ジェロームさん。ひどく秘密めかしているようで恐縮ですが、なにぶんきわめて特異な発見なので、公開実験をみなさんにじかにお見せしたいと思いまして」

セント・メアリ・アクス街の〈ボライソー兄弟商会〉の大黒柱として知られるジェローム氏は、まだ納得しきれないようだった。皮肉な笑い声をあげ、

「そしてその実験とやらには、ほかならぬこの宿の健康的な空気が必要というわけか」

「いえ、そうではありません。必要なのは静けさです」パピュラスは相手の冷笑的な態度にまるで気づいていないようだった。「いわば完全な静けさですよ。ここでは夜の十時ごろになると、ほとんど肌で感じられるほど、いっさい空気の振動が感じられなくなるのです――いささか矛盾した表現ですが。それでは、フェローズさん、夕食は七時半です。お部屋を見にゆかれますか?」

キャンピオンは戸惑っていた。どうやら夕食のために身なりをととのえることを期待されているようなので、部屋にあがって着替えながら状況をとくと吟味してみたが、不審な思いはつのるばかりだった。パピュラスは尋常なやつではない。いわくありげ

な陰謀めかした空気をただよわせ、そのくせ自分自身はいたって素朴で開けっ広げな男のように見せている。何を目論《もくろ》んでいるにせよ、たしかに腕利きのセールスマンだ。

パピュラスの従僕が給仕を務めた夕食は、シンプルだが丁寧に調理されたものだった。酒が出されず、料理の味付けが薄めなのは、主催者の説明によれば、のちほどの実験に備えて参加者たちの味覚を研ぎすませておくためだった。

食事がすんで、マホガニーのテーブルからデザートが片付けられると、各人のまえに真水の入ったグラスが置かれ、テーブルの上座《かみざ》からパピュラスが語りかけてきた。磨き抜かれた木材の上に身を乗り出したその姿は、威厳たっぷりだった。深々としわの刻まれた顔とハート形のひいでた額の上で、ちらちらと蠟燭の火影《ほかげ》がゆらめいている。

「まず最初に、ざっと確認させていただくと」パピュラスは切り出した。「ここにおられる方々はみなさんわたしの名前をご存じで、拙著をお読みくださった旨を言明されています。こんな話を持ち出すのは、この驚嘆すべき公開実験のためにみなさんにお運びいただいたのは、わたしにとっては己の声望を賭した行為であることをご理解いただきたいからです。その上でさらに申しあげれば、みなさんはそれぞれ――唯一の例外であるフェローズさんをのぞいて――わたしがお送りした試供品のブランディについて、熟慮の結果であるご意見をお寄せくださいました。言うまでもなく、いずれの場合も結論は等しく――一八三五年のフィーヌ・シャンパーニュでした」

かすかに安堵のうかがえる満足げなざわめきがテーブルの周囲に広がると、ジャーヴァス・パピュラスは笑みを浮かべた。

「なるほど、正直なところわたし自身も、事実を知らなければ同じ意見だったことでしょう。つまり、先日お送りしたブランディがそれより百年近くもあと――正確に言えば、一九三二年産の未熟なものであることを〝知らなければ〟です」

一瞬、困惑しきった空気がただよったあと、ジェローム氏の声がとどろいた。

「われわれを愚弄しようとしているのではなかろうな」老紳士はいかめしく言った。

「それなら、黙ってこんなところにすわっている気は――」

「まあちょっと、お待ちください」パピュラスはなだめすかすように言った。「どうかお許しを。みなさんのようにご高名な方々にかようなことを申したからには、すぐにもご説明するのが筋というものでしょう。ご承知のとおり、ブランディに混ぜ物をするのは使い古された手です。古来、ヴァニラや焦がし砂糖などといったものがさかんに加えられてきましたし、おそらく今後もそうしたことが絶えないでしょう。しかし、そんな稚拙な細工は舌の肥えた相手にはすぐさま見破られてしまう。これはそれとはまったくべつの話なのです」

ジェローム氏は怒りに湯気をたてはじめていた。

「偽造酒でも売りつけようというのか？　もしもそうなら、言っておくが、少なくともわたしはお断りだ」

みながあわてて賛同の声をあげ、キャンピオンも律儀にそれに加わった。

ジャーヴァス・パピュラスはかすかな笑みを浮かべた。

「滅相もない。われわれはみな専門家です。真の専門家は偽物が成功することなどあり得ないのを知っています。たとえ百歩譲って、そんなものの存在を認めるとしても。わたしがお見せしようとしているのは新たな発見——いかさまでも、巧妙なペテンでもない、市場全体に革命的変化をもたらすかもしれない純粋な発見なのですよ。ご承知のとおり、酒の熟成には時が主要な役割を果たします。そして今まで、時だけは人工的なものでは代えられなかった。それゆえ年代物のブランディは、若い未熟なものとはまったく別物とみなされているのです」

キャンピオンは両目を細めた。ようやく先が読めてきたのだ。

パピュラスは話し続けた。もはや彼をとめるすべはなさそうだった。聴衆をうんざりさせることも恐れずこまごまと専門的な知識を披露して、コニャック以外の産地のブドウの搾り滓《かす》から、年代物の滓《かす》取りブランディができあがるまでの過程をすっかりさらってみせた。

それが終わると、芝居がかった身ぶりで言葉を切り、静かに言い添えた――。

「そして今夜は、みなさん、最新の科学的発見をご紹介したいと思います。今しがた述べたような長く退屈な過程をスピードアップして、蒸留酒の百年分の熟成をわずか数分ですませてしまう方法を。すでにみなさんはこの方法の初の成果を吟味され、ここまで足を運ぶだけの興味を抱かれたわけですから。いかがでしょう、ご覧いただけますね?」

この発言は当然ながら、少なからぬ衝撃をもたらした。みながいっせいに話しはじめたが、その中でキャンピオンだけは無言で考え込んでいた。どうやら彼の当面の同業者たちは一攫千金《いっかくせんきん》のチャンスに興味があるのみならず、多大の損失をこうむる可能性に恐れをなしているようだった。

「もしもそれが事実なら、業界全体が大混乱になるぞ」彼のすぐとなりの、まばらな麦わら色の髪をした痩せた小男がつぶやいた。

パピュラスがやおら立ちあがってうながした。「では、あちらの部屋で発明家のムッシュー・フィリップ・ジュサンが公開実験のために待機しています。ムッシュー・

ジュサンは米国で禁酒法時代にこのアイデアを思いつき、世界屈指の富豪の援助で研究に着手しました。しかし、かの国が正気にたち返るや保護者が成果に興味を失ったため、あとは独力で続けることを余儀なくされたのでした。発明家の多くがそうであるように、ムッシュー・ジュサンも素朴で無学な、実務にはうとい男です。彼が拙著を読んで助けを求めにやってきたので、わたしはこうしてみなさんにご紹介することで、できるだけ力になろうとしているのです。では、ようやく実験にうってつけの条件がととのいました。家じゅうが静まり返っている。こちらへお越しいただけますか？」

疑念を抱きながらも大いに興味をかきたてられた小さな一団は、廊下の反対側のだだっ広い〈販売外交員用特別室〉に列をなして入っていった。室内の家具はどけられ、半円形に並べられた椅子と、大きな厚板のテーブルだけが残されている。テーブルの上には、何やら奇妙な装置がすえられていた。もっぱら結婚祝いの贈り物用に売られている、複雑怪奇なコーヒー沸かしを思わせるしろものだ。

テーブルの奥には長い茶色の上っ張りを着た、神経質そうな小男が立っていた。とくに印象的なタイプではないものの、長めの髪から金縁の鼻眼鏡にいたるまで、いかにも珍妙な人物だった。

「どうか、ご静粛に。ご静粛に願います」男は彼らが姿をあらわすと、さっと片手を挙げた。「これを成功させるには、わずかたりとも空気を振動させてはなりません」

ひどいしゃがれ声で、キャンピオンにもすぐにはどこのものか判別できない奇妙な外国訛《なまり》があったが、男の態度は権威に満ちていたので、専門家たちは静かに爪先立って椅子へと歩を進めた。

「さてと」ムッシュー・ジュサンは小さな目をきらりと光らせた。「説明はすべてこの友人に任せます。こちらは実験にしか興味がないので。よろしいかな？」

彼がみなをねめつけると、パピュラスがあわてて説明しはじめた。

「ムッシュー・ジュサンはもちろん、人間の声が害になると言っているのではありません」と小声でささやくように言う。「空気の振動、急激な動きを懸念しているのです」

「肝心なのは静けさだ」発明家がじれったげに口をはさんだ。「蒸留酒を通常の方法で熟成させるさいには、何が必要か？　静けさ、暗さ、平安。そうした条件が欠かせない。ではよければ、はじめるとしましょう」

手法は単純だった。まずは透明なガラスのデカンタに入ったブランディが取り出され、ゲストの各々《おのおの》に香りと味を確認させるため、パピュラスが自らグラスを配り、酒を注いでまわった。鑑定結果は満場一致で若めの原酒。生産年は一九三二年と三四年のふたつが挙げられた。

そのあと、デカンタの中身がテーブルの上の装置のてっぺんに空けられ、何本かのガラス管と濾過器《ろかき》を通っていちばん下の大きな蒸留器のような容器へと流れ落ちてゆく様子が見せられた。

ムッシュー・ジュサンが目をあげ、小声でうながした。

「では、どうぞお一人ずつ進み出て、わたしの発明品をとくとご覧ください。静かに歩くのですぞ」

装置の点検がすむと、茶色い上っ張り姿の男は黒いゴムらしきもので作られたフードで蒸留器をすっぽりと覆った。それからしばし、せっせと動きまわって数個の温度計と小さな電池をセットした。

「すでに進行中です」押し殺された興奮がにじむ声で言う。「一秒一秒がおおよそ一年——暗闇の中の、長く陰気な一年間に相当するのです。さあ——見てみましょう」

フードが取りのけられ、新たなグラスが配られたあと、テーブルの上の装置から蒸留器が注意深くはずされた。

その中の液体を真っ先に調べたジェローム氏の驚愕ぶりは滑稽《こっけい》なほどだった。

「信じられん！」と、ようやく声を搾り出し、「信じられんぞ！　こんなことが起きるとは……むろん、いくつか検査をしてみねばならんが、これはたしかに一八三五年のブランディだ」

　ほかの者たちも同じ意見で、キャンピオンまでもが感じ入っていた。発明家はもういちど実験してみせるようにうながされ、公平に評するなら、快く従った。

「この方法の唯一の欠点は」ムッシュー・ジュサンは言った。「一度にごくわずかしか処理できんことですな。わたしはもっと誰にでも扱える装置を開発して売りに出し、使用法を公表したいのに、友人がやめろと言うのでね」

「当然だ！」キャンピオンのとなりの男が叫んだ。「いやはや！　そんなことをされたら、うちの商売は大打撃を受けてしまうぞ……」

　その集会が興奮のうちにようやくお開きになったのは、真夜中すぎのことだった。パピュラスは客人たちに告げた。

「夜も更けました。今はみな寝床へ引きとることにして、あとは朝になったら検討しましょう――ムッシュー・ジュサンにこの手法の理論的な説明をしてもらった上で。みなさんご同意くださるでしょうが、当面はそれぞれ、考えるべきことがあるはずですからな」

どこか沈み込んだ一団はぞろぞろ二階へ引きとった。ろくに言葉は交わされなかった。人は誰しも革命的な発見について、目の前のライバルと話し合ったりはしないものなのだ。

翌朝、階下におりたキャンピオンは、あの横柄なジェローム氏がすでに起き出し、せかせかラウンジを歩きまわっているのを見つけた。老人は前置きもなく、腹立たしげに切り出した。

「いつも六時に起床することにしとるんだ。ところが、ここには使用人すらいなかった。おかみと亭主とメイドが一人、ようやく七時にやってきたがな。どうやらパピュラスが彼らをよそで眠らせたらしい。振動とやらを恐れたのだろう。しかしまあ、驚くべき発見じゃないかね？　この目でじかに見たのでなければ、とうてい信じられんところだ。今後の展開に備える必要がありそうだが、どうも気に食わん。この件は端《はな》から気に食わなかった」

老人は声を低めて身を乗り出した。

「やはり、ここは一致団結して抑え込むしかなかろう。それしかない。こんなことを不用意に公表させるわけにはいかんし、どこかひとつの店に秘密を独占させるわけにもいかん。ともかく、それがわたしの意見だ」

キャンピオンは自分の意見を表明するまえにまず、店主のシスルダウン氏に相談したいとぶつぶつ言った。

「ああ、そうだろうとも。この午後は市内のそこここで会議が開かれるだろうよ」ジェローム氏は陰気に言った。「だがもうひとつの問題はそこだ。きみはこのいまいましい宿に電話がないことを知っとったかね？」

キャンピオンの両目が細まった。

「本当ですか？」と小声で返し、「じつに興味深いな」

ジェローム氏は彼に疑わしげな目を向けた。

「思うにそれは……」と重々しく切り出したが、その先は続けられなかった。部屋のドアがさっと開いて、昨夜の夕食でキャンピオンのとなりの席にいたまばらな髪の小男が飛び込んできたからだ。

「まったく、ひどい話だ」男は言った。「例のちびの発明家が夜のあいだに襲われたんですよ。彼の発明品はたたき割られ、設計図と説明書も盗まれたそうです。哀れなパピュラスは気も狂わんばかりだ」

キャンピオンとジェローム氏は同時にドアへと向かい、ほどなく、階段の上で呆然としている一団に加わった。長い漆黒のガウンという印象的な装いのジャーヴァス・パピュラスが、発明家の部屋のドアを背にして立っている。

「何とひどい、恐ろしいことだ！」パピュラスは言っていた。「どうかみなさんは階下におりて、どうするのがいちばんかわかるまでお待ちください。哀れな友人は今しがた、意識を回復したところです」

ジェローム氏が人垣をかき分けて進み出た。

「だがいくら何でも常軌を逸した話だぞ」

パピュラスは両目に怒りをくすぶらせて立ちはだかった。

「おっしゃるとおり、常軌を逸した話です」押し殺された憤怒のにじむ声に、さしものジェローム氏もたじろいだ。

「しかし、よもやきみは……これにわれわれが……」

「わたしは気の毒な友人のことを考えているだけです」パピュラスがさえぎった。

キャンピオンは静かに階下へおりた。

「これはいったい何を意味するのでしょうね？」ラウンジに残っていたまばらな髪の小男が言った。

キャンピオンはにやりとした。「それは一時間もすれば、誰の目にもあきらかになるんじゃないのかな」

彼のにらんだとおりだった。ジャーヴァス・パピュラスはお粗末な朝食の残骸をまえにしょんぼりすわっていた客人たちに、これ以上ないほどはっきり手の内をさらけ出したのだ。

まずは頭に包帯を巻かれ、憔悴《しょうすい》しきった青白い顔のムッシュー・ジュサンがいとも哀れな顚末《てんまつ》を語った。昨夜、ふと目を覚ますとクロロホルムを染ませたパッドが口元と鼻に押し当てられていた。室内は暗く、襲撃者の姿は見えなかったが、自分は何度も殴られた。助けを求めようとする努力は報われず、ついに麻酔薬の威力に屈することになってしまった。

ようやく意識がもどったときには、熟成装置は粉々に壊され、いつも枕の下に入れておく種々のデータが記された大事な黒い手帳も消え失せていた。

ここまで話したところで発明家はすっかり取り乱し、パピュラスの従僕に部屋から連れ去られた。続いて、ジャーヴァス・パピュラスが進み出た。張りつめた顔は蒼白で、動作のはしばしに強烈な義憤をにじませている。

「わたしがこの卑劣きわまる襲撃にどれほどショックを受けているか、くどくど述べて時間を無駄にしたりはいたしますまい」彼は朗々たる声を震わせた。「今ここでお話しできるのは、いくつかの事実のみです。昨夜、この宿にはわたしたちしかいなかった。わたしの従僕ですら、村で一夜を明かしたのです。そのように手配したのは、実験のための理想的な条件をととのえるためです。おかみによれば、今朝がたもどったときにはここのドアには鍵がかけられ、外部から侵入された形跡はありませんでした。さて、それがどういうことかはおわかりですね？　つい昨夜まで、ここにおいでのみなさんにとってただならぬ重要性をもつ秘密の存在を知っているのは、発明者とわたしだけだった。そして昨夜、わたしたちがそれをみなさんに話し、秘密を明かしたとたん……」パピュラスは肩をすくめた。「何と、すべてが奪い去られて友人は暴行された。これ以上何か言う必要がありますかな？」

そこここでいきり立った抗議の声があがり、ジェローム氏は脳卒中でも起こしかねないありさまだった。だがパピュラスは平然と小馬鹿にしたような顔をしている。

「やるべきことはひとつだけです」彼は続けた。「だがわたしが警察への通報をためらったのは、もちろん、犯人はあなたがたの一人でしかあり得ず、秘密はまだこの家の中に留まっているはずだからです。通報すればすべてが公《おおやけ》になるのは避けられないし、そうすればみなさんが損失をこうむることは目に見えている。それもただの私的な損失ではなく、みなさんが代表している店にまで及ぶ損失を」

パピュラスはそこで言葉を切って眉をひそめた。

「それに、報道関係者は無知な輩《やから》ばかりだ。みなさんは何らかの偽造法を見に集まっていたと報じられかねないのです。若いブランディを年代物にする――そんなうまい話があるわけはありませんからな？」

その発言は、静まり返った室内で爆弾のように炸裂した。ジェローム氏は口を半開きにし、身じろぎもせずにすわっている。誰かがしゃべりはじめたが、思いなおして口をつぐみ、あとには長い不吉な沈黙がただよった。

やがて、ジャーヴァス・パピュラスが咳払いした。

「遺憾ながらこちらとしては、友人の手帳を返して被害額をそっくり弁償していただくか、さもなくば警察を呼ぶしかありません。ほかにどうすればいいのでしょう？」

ジェローム氏がはっとわれに返った。

「待ってくれ」と、窒息しかけたような声で言う。「何か性急なことをするまえに、わたしたちに協議させてくれ。例のきみらの発見についてじっくり考えてみたのだが、パピュラス君、あれは業界全体にただならぬ問題を提起するものだ」

部屋のそこここで賛同のつぶやきが漏れ、ジェローム氏はさらに続けた。

「ともかくわたしたちの誰もが避けたがっているのは、これが世間に知れ渡ることだろう。そもそも、こんな発見はたとえ広く知られても、広く受け入れられるはずがない。世間の連中は自分の舌より、われわれ業者のラベルを信じものなのだからな。こちらはひどく厄介な立場になるだけだ。しかも今朝のこの展開で、なおさら事態は紛糾してしまった。まずは内輪で謎を解明し、その上で、最善の策を決めるしかなかろう」

みながいっせいに力強い賛同の声をあげたが、パピュラスはかぶりをふった。

「残念ながら同意できません」冷ややかな口調だった。「通常なら、ムッシュー・ジュサンとわたしは喜んでみなさんのご希望どおりにしたでしょう。だがこの非道な行為がすべてを変えてしまった。わたしはあくまで公的な調査を要求します――ただし、もちろん」彼は慎重に言い添えた。「みなさんがこの件をそっくりわたしたちから引き継いでくださるなら話はべつですが」

「どういう意味だ?」ジェローム氏の声は弱々しかった。

しわ深い顔をした長身の男は相手をひたと見つめた。

「みなさんが出資し合ってこの発明の使用権を買い取られるのなら、あとはどうぞお好きなようにという意味ですよ。ムッシュー・ジュサンが考えていた売却金額は一万五千ポンドです。こんな秘密の代価としてはごく妥当な線でしょう」

その提案のあとには沈黙が続いた。

「ゆすりか」キャンピオンはつぶやき、それからふと、パピュラスのいちばん顕著な特徴に目をとめた。眉をつりあげ、半信半疑の、次いで驚愕の表情を浮かべると、彼は朝食のテーブルの下でそっと自分の脚を蹴り、立ちあがった。

「店長に電報を打たないと。わたしが厄介きわまる立場にあることはご理解いただけますよね？　すぐにもシスルダウン氏と連絡を取らせてもらいます」

パピュラスはじっと彼を見つめた。

「ではメッセージを書いてくだされば、従僕に村から打電させましょう」礼儀正しい口調だが、言外に含まれた脅しは一目瞭然だった。

外部との勝手な交信はいっさい許さないというわけだ。キャンピオンは何も気づかないふりをした。

「ありがとう」と礼を言い、鉛筆とルーズリーフ式のノートを取り出した。

〝予想外の展開〟とペンを走らせ、〝すぐにもお越しください。チャーリーとジョージに火曜のランチは中止と伝えられたし。A・C・フェローズ〟

パピュラスはそのメッセージを受け取り、ざっと目を通すと、震えあがっている一団をあとに残して出ていった。

十一時にその電報を受け取ったシスルダウン氏は、しげしげ紙面に目をこらした。とりわけ注意を惹いたのは末尾の署名だった。私室にこもってスコットランド・ヤードに電話をすると、さいわい、オフィスで仕事中だったオーツ警視がつかまった。シスルダウン氏は電報の内容を注意深く口述し、弁解がましく咳払いして言い添えた。

「キャンピオンさんから、彼のイニシャルつきの署名が入ったメッセージが届いたらあなたにお伝えするように言われていたのです。これに重要な意味があるとは、思えませんが、わたしにはごくありきたりの文面に見えます」

「あとはすべてこちらにお任せください」オーツは愛想よく言った。「ところで、彼はどこにいるのでしょう？」

シスルダウン氏はサフォーク州の宿の住所を告げて受話器を置いた。電話線の向こうでは、オーツ警視がデスクの抽斗のひとつの鍵を開け、小さな赤い手帳を取り出していた。それぞれのページに縦二列の、キャンピオンの優雅な手書きの文字が並んでいる。オーツは三ページ目の左側の列に、上から下へと人差し指を走らせた。

「チャーリーか。キャスリーン……チャールズ……」

両目がさっとページの右側へ向けられる。

「あなたの追っている人物」オーツは読みあげ、次のリストに目を走らせた。〈ジョージ〉という合言葉の意味は簡潔で、〝二〟とだけ記されている。

オーツはさらにうしろへとページを繰った。〈ランチ〉という重宝な言葉の下にはいくつかの例文が書き込まれていた。〝ランチにお越しください〟は〝部下を二名よこせ〟という意味、〝ランチをご一緒に〟は〝武装した警官たちをよこせ〟という意味だ。そして〝ランチは中止〟は〝あなたが自ら足を運べ〟だった。〈火曜日〉という言葉はべつのページに載っていたが、警視はわざわざ調べようともしなかった。意味はわかっていたからだ。これは〝至急〟だ。

オーツはメッセージの全文をメモ用紙に書いてみた。

〝予想外の展開。すぐにもお越しください。あなたの追っている人物（二名）を発見。あなたが自ら、至急、足を運ばれたし。キャンピオン〟

オーツはため息をつき、「まったく忙しい男だ」とつぶやくと、ブザーを押してブルーム部長刑事を呼んだ。

あいにく、人里離れた小さな宿に警察の車が近づくのを最初に目にしたのは、ほかならぬジャーヴァス・パピュラスだった。彼は二階の部屋の窓辺にたたずみ、薄っぺらい床板を通して筒抜けの階下の討議に耳をかたむけていたのだ。一階のラウンジでは不運な専門家たちがまだ、あれこれ主張を述べ合っていた。唯一、みなの意見が一致したのは、何としてもスキャンダルを避けるべきだという点だった。

車がとまってオーツ警視が飛び出し、宿のドアへと突進するや、パピュラスは彼のいかにも公僕らしい風姿に目をとめた。怒り狂ったパピュラスは、背中を丸めてベッドにすわり込んでいるみじめったらしい小男を振り向いた。

「ちくしょう、たれ込みやがったな！」声をひそめてののしった。

「おれが？　たれ込んだ？」ムッシュー・ジュサンと称していた小男は、憤然と背筋をのばした。あの外国訛はいつしか生粋《きっすい》の南ロンドン訛に変わっている。「冗談じゃねえ。それより、残金を払ってもらおう。もうこんな仕事はうんざりだ。さっそく得意の腕を見せてやったのに、クロロホルムを嗅がされ、包帯をぐるぐる巻かれ、こんなところに閉じ込められて、あげくに今度はチクったなんてなじられるのか。いったい何のつもりだ？」

「嘘つけ、この裏切り者」パピュラスが低いどすのきいた声で言い、すばやく部屋を横切ってつめ寄ると、ベッドの上の小男は身をすくませた。

「おい――もういい、やめろ。いったい何ごとだ？」

そう声をあげたのはオーツだった。キャンピオンと部長刑事をあとに従えた警視は、大股に部屋の中へと歩を進めた。

「そいつを放せ！　おい、こら、それでは窒息させてしまうぞ」

警視がこぶしを固めて手首の下にアッパーカットを食わせると、相手は小男の首から両手を放してよろよろ部屋の奥へあとずさった。

ベッドの上の小男が大声をあげてころげるようにドアへと突き進み、待ちかまえていたブルーム部長刑事の腕に飛び込んだが、オーツは目もくれなかった。部屋の奥にいる長身の男の顔に視線が釘付けになっている。

「〈未亡人〉だ！」オーツは叫んだ。「いや、たまげたな！」

相手は笑みを浮かべた。

「そうだろうとも、親愛なる警部。それともあれから出世したのかい？　だが残念ながら、あんたは今のところ、正当な理由もなく他人の部屋に侵入してるだけだぜ」

警視はかたわらの穏やかで優雅な人物に尋ねるような目を向けた。

「容疑は詐欺です」キャンピオンはにこやかに言った。「かなり不快なゆすりの気配も認められたが、まあ詐欺でいいでしょう。証人は六名、およびぼく自身です」

〈未亡人〉なる異名をもつ男は、その告発者をまじまじと見た。

「おまえは何者だ?」と口にしたあと、はたと答えを思いつき、小声で毒づいた。「キャンピオン……アルバート・キャンピオンだな? その風体《ふうてい》から気づくべきだったよ」

キャンピオンはにやりとした。「そこがきみより、ろくに特徴のないぼくのほうが有利だった点だよ」

キャンピオンとオーツ警視は、大いに安堵した専門家たちをそれぞれ勝手に帰らせることにして、一足先に車でロンドンへ向かった。オーツは嬉々としていた。

「やつを仕留めた。ついにやったぞ。有罪確実だ。それにしても、巧妙なペテンだな。あいつらしいよ。もしきみがあそこにいなければ、あの哀れな連中はかなりの金を搾り取られていただろう。あんなふうに、絶対的な信用を保つことに商売の命運がかかってるような連中がやつの狙い目なんだ。みな古くからの保守的な顧客を抱える、小さな店の代表者ばかりだからな。きみはいつ、やつが本物のジャーヴァス・パピュラスでないことに気づいたのかね?」

「一目で怪しいものだと思いましたよ」キャンピオンは笑った。「じつは街を離れるまえに、パピュラスの小論文の出版元に電話してみたんです。現在は消息不明ということだったけど、広報部によれば、パピュラスは一八七二年の生まれです。だからわれらが友人の〈未亡人〉を目にするや、本物のパピュラスよりずっと若いことがわかったんです。とはいえ、ぼくはうかつにも、このペテンのからくりに今朝まで気づかなかった。彼が例のみごとな終幕を演じはじめるまでね。そのときとつぜん彼の正体を見てとり、当然ながら、ことの全貌が瞬時にひらめいたわけです」

「正体を見てとり？」オーツはわけがわからないようだった。「だがやつの年恰好をきみに話した憶えはないぞ」

キャンピオンは慎み深げに切り出した。「ほら、このまえぼくがすごく可愛い女の子をあなたのオフィスに連れてったとき、あなたは彼女にいいところを見せようとして、うっかり夕刊の求人広告を取り出したでしょう？」

「あの広告なら憶えているが。子供相手の芸人を募集していただけで、やつの写真は載ってなかったはずだ」

「でも名前は載ってましたよ」とキャンピオン。「奇妙なニックネームがね。ぼくがその意味に思い当たったのは、今朝になって相手が悪党だと知った上で、ふと彼の容貌に目をとめたときです。ぼくらがペテンにかけられてるのはあきらかだったけど、どんなふうにかはわからなかった。そのとき、あの顔を見て彼の正体に気づいたんですよ」

「顔を見て？」

「おやおや、あなたはまだぴんとこないんだ。嬉しいな。ぼくもすぐには気づきませんでしたから。あの顔をよく思い浮かべてください。ああした悪党どもは、どんなふうに仇名をつけられるのかを。〈鉤鼻《ビーキー》ドイル〉という名はどこから来てたんでしょう？　〈つぶれ耳《カリフラワー》のエドワーズ〉はなぜそう呼ばれたのか？　さあ、〈未亡人《ウイドウ》〉の額を思い浮かべて。髪の生え際を」

「あのV字形の線か！」オーツは不意に叫んだ。「なるほど、俗に後家の相《ウイドウズ・ピーク》と言われるあの額だな？　これまで思いつかなかったのが不思議だよ。気づいてみれば一目瞭然じゃないか。だが、そうはいっても」警視はしかつめらしい口調になった。「よくもそれだけの理由で人を呼びつけられたものだ。あんな額のやつはいくらでもいる。もし彼が本物のパピュラスなら、きみはとんだ恥をさらすことになったはずだぞ」

「いや、あの広告の件もありましたから。ふたつの事実を考え合わせれば、どういうことかは明白でした。昨夜の実演はみごとなものだった。例の装置のてっぺんに若いブランディが注ぎ込まれ、いちばん下に古酒が出てくるまで、ぼくらはずっとその酒を見ていた——というか、見ているつもりにさせられてたんです。そんなまねができる唯一の人種は、子供たちのパーティに欠かせない芸人ですよ」

オーツはかぶりをふった。

「わたしはただの哀れなうすのろ警官だからな」と、あざけるように言う。「頭がよく働かんのだよ。降参だ」

キャンピオンは首をめぐらして彼を見つめた。「おやおやオーツ、一度ぐらいは子供のパーティに出たことがあるでしょう」

「いや、ない」

「でも、あなただって昔は子供だったんですよね？」

「そんな記憶がないでもないが」

「じゃあ、子供のころは何に胸を躍らせました？ 歌？ ダンス？ 教訓的な寸劇？いや、親愛なる友よ、子供たちの心をとらえる唯一の芸人は、あの面汚《つらよご》しのジュサンの同業者——手品師ですよ、オーツ。言葉を変えれば、魔術師です。まったく、昨夜の彼はみごとな技を見せてくれたな！」

キャンピオンはぐっとアクセルを踏み、ふたたび車の速度をあげた。

オーツは長いこと黙《だま》りこくっていた。それからちらりと友人を見あげ、

「たしかに可愛い娘だったたな。行儀もよかったぞ」

「レオニーですか?」キャンピオンはうなずいた。「それで思い出したけど、街にもどったら彼女に電話しないと」

「ほう?」警視は興味津々の様子で、いたずらっぽく尋ねた。「何かわたしが力になれることはないのだろうな?」

キャンピオンは微笑んだ。「なさそうですね。彼女に二ポンドの貸しができたと話したいだけですから」

行動の意味

The Meaning of the Act

「ケチくさい、悪趣味な、欺瞞《ぎまん》だらけの、子供じみた、ろくでもない人生だ。ときには汚らわしくすらある」ランス・フィアリングはグラスを取りあげながら喝破した。

「あまり批判がましいことは言いたくないが、きみのこういう生き方はそんなふうに見えるぞ。嫌悪を覚えるね。胸がムカつく。吐き気をもよおす……言いたいことはわかるかな？」

「ぼんやりわかりかけてきたよ」アルバート・キャンピオン氏はにこやかに応じ、背後の華やかなタイルにぴたりと身体を押しつけた。「今夜のきみには犯罪学はお気に召さないようだ」

彼らはルパート通りの〈バラエティショーの殿堂〉、あるいはより親しみのこもった〈旧ソブリエティ座〉という呼称で知られる演芸場の名高い酒場《バー》にいた。ここは大がかりなミュージック・ホールの最後の生き残りと言ってもよく、観客席に面した広いガラス窓がある小さな円形の酒場は、いつもどおりの混雑ぶりだった。ランスはすっかり勢いづいていた。旧友に少なからぬ好意を要求しておきながら、元来プライドの高い性格なので、いよいよ攻撃的になっている。

「そりゃあ、きみがその仕事を生きがいにしてるのは知ってるさ」ランスは威勢よく続けた。「一種の強迫観念だ。まるで細菌みたいに、下劣な好奇心が血に染みついてるんだな。それで今夜はこの罰当たりな場所に同行してもらったわけだがね」しばし言葉を切ったあと、「きみの気に入るんじゃないかと思って」とつけ加え、かたわらのひょろりと背の高い男を太い眉の下からちらりと気遣わしげに見た。

「ああ、気に入ったとも」キャンピオンはつぶやきながら身を乗り出し、ガラス越しに薄暗い一等席の向こうのボックス席に目を向けた。「博士はまだあそこにすわっているぞ」

「そう願いたいところさ。例の女性が登場するまえに、まだひとつ出し物があるんじゃなかったか？」ランスはあわただしくグラスを置き、自分の目で確かめた。「やれやれ、彼を見失いたくはないからな。もどるとするか」

「いや、その必要はないだろう」キャンピオンは二列目のボックス席の背中を丸めた小さな人影に目をこらし、「べつに問題なさそうだ。彼はけっこう楽しんでるみたいだぞ」

「だからそれを言ってるのさ。だからこそ、こんなことをするのはムカつくんだよ」ランスは愚痴っぽい口調になった。「本人がそうしたいなら、たまには夜遊びぐらいしたっていいじゃないか。マーガリートがあれほど怯えきってせっつかなけりゃ、こっちはあの気の毒な老人をつけまわそうとは夢にも思わなかったはずだ。きみはマーガリートに会ったことはなかったよな？」

「彼の娘さんかい？」

「ああ」ランスはいつになくぶっきらぼうに答えた。それからため息をつき、「恐怖にわれを忘れた美女ってのは、なかなか手に負えんものだぞ。彼女はいい骨格をしてるんだ、キャンピオン、ほれぼれするような骨格だ」

「きみは舞台装置のデザインが専門かと思ってたけど？」キャンピオンはにべもなく指摘した。「だがまあ、それを追及するのはやめておこう。で、その気の毒な骨ばった女性は何を恐れてるんだ？」

「だからさ、彼女の父親は人品卑《いや》しからぬ人物でね。めったに公《おおやけ》の場には姿を見せないが、知る人ぞ知る世界的なエジプト学者で、ずっと聖職者さながらの生活をしてきた。それが今になって思春期の若造みたいにこそこそ家を抜け出して、一人で国じゆうのミュージック・ホールを渡り歩くようになったんだ。マーガリートによれば彼は何かたくらんでるか、それでなければ頭がおかしくなったんだとさ。ところでぼくは〝いい骨格〟だとは言ったが、〝骨ばった〟とは言っていないぞ。そこは微妙にちがうんだ」

「クレメント・ティフィン博士か」キャンピオンはつぶやいた。「たしかに彼はきみの言うとおりの人物みたいだが、なぜかその名前はクロスワード・パズルを連想させるんだよな」

「そんなはずはない」ランスは苛立《いらだ》ちをにじませた。「何かを連想させるとしたら、ピラミッド、途方もなく慎ましい滅びゆく紳士クラブ、あるいは〈ローズ・クリケット場〉の観覧席《パヴィリオン》ってところさ。とにかく、彼が何者か推理したりするのはやめてくれ。それはわかってるんだから。きみにここへ来てもらったのは、博士の行動の真意を探るためだ。つまり、気の毒なマーガリートは精神鑑定医を呼ぶべきなのか、それとも父親が七十七歳にして妖艶なエジプト人ダンサーに懸想《けそう》してしまったという事実を受け入れるべきなのかをね」

キャンピオンは眼鏡の縁越しに友人をじっと見た。

「きみが心配してるのはそれだけなのか？　言っておくが、たったそれだけのことで人をここへ引きずり出したのなら……」

「いや、必ずしもそれだけじゃないんだ」ランスはあわてて認めた。「マーガリートはたしかに馬鹿じゃない。何かひどく深刻な懸念を抱いてるんだよ。あまり詳しくは聞き出せなかったけど、どうやら父親が何かの危険にさらされてると考えてるらしい」

「精神的な危機か、それとも頭をガツンとやられるほうかい？」

「ああ、肉体的な危険のほうさ。それもただの空想とかじゃない。さっきも言ったが、マーガリートには立派な脳ミソがあるんだ」

「脳ミソと骨か」とキャンピオン。「やれやれ、それに乗馬にぴったりのお尻だと聞いても驚かないよ」

「失敬だぞ、きみ」ランスはにこりともせずに答えたが、彼とは旧知の仲のキャンピオンはその気まぐれな態度に惑わされることなく、はたと状況を理解した。今のランスは〝きわめて慎み深い〟境地にあるようだ。彼は決まってそのときどきに興味を抱いている相手に影響されるから、ティフィン父娘《おやこ》がどんな階級のどんなタイプの人間か、大いに察しがつくというものだ。

「マーガリートは自分でこうるさく父親を追いまわすような娘さんじゃないんだ

な?」キャンピオンは言ってみた。

「決まってるじゃないか!」ランスは気色ばんで答えた。

「ああ……」キャンピオンはぶつぶつ言った。

ランスはしばし黙り込んだあと、ようやく態度をやわらげた。

「きみだってティフィン博士を知ってさえいれば、これがどれほど異常なことかわかるはずだ。彼は——ええと——トップクラスの人間なんだ、こんな表現が許されるならばね。それに偉大な知性の持ち主でもある。その彼がだよ、ろくでもないダンサーの踊りを見にこそこそ、そこらじゅうの小汚いホールに出かけるなんて……あり得ない。そういうたぐいの男じゃないんだよ」

自分もこんな場所を目にするのは初めてだと言わんばかりに、ランスは居心地のいい、薄汚れた小さな酒場を見まわした。キャンピオンは眼鏡の奥の両目を愉快そうに躍らせ、そんな友人を見守った。

「よおっ、バート!」

不意に部屋の向こうから呼び声が響き渡った。その聞き覚えのある、ロンドン訛《なまり》のしゃがれ声を耳にするや、キャンピオンは迫りくる社交上の危機を意識した。

「やあキャシー」彼は言った。

「ひゃあ！　ったく、こりゃ奇遇だな。調子はどうだい、相棒？」

人ごみがうねるように膨れあがったかと思うと、そこから一人の男があらわれた。小さなネズミじみた顔を親愛の情とジンで火照《ほて》らせた男は、彼らの真正面で立ちどまった。胸も顔も細っこい小男で、切り傷のように細い目とヒクヒク動く細長い鼻をしている。身なりの点ではかなり人目を惹いたが、それというのも、みごとに真っ青なスーツを着込んでいたからだ。本人の関心も衣服に向いているとみえ、薄汚れた親指の爪でキャンピオンのシャツの胸をはじいた。

「ワシントンの仕立てだな。まあ一杯やろうじゃねえか。そっちのお連れさんは誰だい？」

キャンピオンはおっかなびっくり紹介した。

「ランス、こちらはミスタ・キャシー・ワイルド、ぼくのとても古い友人だ」そして「キャシー、こちらはミスタ・ランスロット・フィアリング、名士だよ」

その説明が警告のつもりだったとしても、キャシーはどこ吹く風だった。

「サー・ランスロットか。けっ、そりゃあ女を落とすにはいい名前だ」彼は陽気に言った。「競馬ウマからでも取ったのかい、兄貴。いやほんの冗談さ、気を悪くせんでくれ。で、こちらさんは何だって、バート？　ポリ公か？」

ランスは闖入者《ちんにゅうしゃ》を冷ややかに眺めまわした。「悪いが何の話かわからない」と言ったときのあやまるような微笑には、強烈きわまる侮蔑がこもっていた。

「それはよかった」キャンピオンはすばやく、力を込めてさえぎり、キャシーの細長い靴をさりげなく踏みつけた。

「おっと、そうか」相手がすかさず目くばせを返し、二人はじっと意味深長な視線を交わした。

「商売のほうはどうだい?」キャンピオンは尋ねた。

キャシーの生気のない下卑《げび》た顔につかのま、にっとおぞましい歯の列がのぞいた。

「悪くはねえな。春にはつまらんことに手を出して、三ヶ月のお勤めを食らってね。素寒貧《すかんぴん》で娑婆《しゃば》へもどるはめになった。だがそら、あっちでちょこちょこ、こっちでちょこちょこ稼ぎまくって、今じゃけっこうな暮らしだよ。ところで、ここはおれのシマなんだが、そっちのご一行さんは?」

「ぼくとこの友人、それに今夜のお客はボックス席Bの年配の紳士だ」キャンピオンは即座に答えた。

「よしきた、バート」キャシーはあふれんばかりの情を込めて握手した。「じゃあな。そのうちにまた。なかなかいい舞台だぞ。いや、ジプシー・ショーのねえちゃんが最高でねえ」

ランスは押し黙ったままキャンピオンをあとに従え、観客席へもどった。

「いくら何でも、あれはないだろう」座席に腰をおろすと彼はぼやいた。「きみのあのおぞましい友人にティフィン博士のことまで話す必要はなかったはずだぞ」

「キャシーが気に入らなかったのか？」キャンピオンは驚いたようだった。「いいやつだぞ。じつのところ、あれは細心の配慮だったんだ。ここはキャシーの縄張りみたいだからね。彼はぼくの友人を職業上の標的にして困惑させたくなかったのさ。じつに行き届いた心遣いだ。あれで根は紳士なんだよ——それが服装にはあらわれていないとしても」

「職業上の標的……？」ランスは座席の中で身をよじり、「じゃあ、あいつは盗人《ぬすっと》なのか？」

「手業《てわざ》師だ」キャンピオンは控えめに言った。「つまりスリだよ。この国でいちばん凄腕の。おい、大声をあげるのはやめろ。あのすてきなアコーディオンの調べに耳をかたむけたまえ」

「ああ、だがまったく、キャンピオン……」ランスは何と、顔を赤らめていた。「きみはじつに驚くべき知人をもってるな。いやはや！」

「マーガリートは彼に好意を抱きそうもないかい？」キャンピオンは言ってやったが、ランスは答えようともしなかった。苦りきった顔で身をこわばらせ、ときおり背後の薄暗いボックス席を気遣わしげに見あげている。そこでは小柄な老人が肩を丸めてぽつんとすわり、何やら考え込むような目で、きらびやかなステージをぼんやり眺めていた。

キャンピオンはマッチを擦って手元のプログラムに目を走らせた。

「チャーミアン、エキゾチックな砂漠の舞姫……」と小声で読みあげ、「彼女はじきに登場するはずだぞ。キャシーは最高だとか言ってたけど、ジプシーのダンサーだと思い込んでたな。まあ、彼は大した目利きじゃないから。それにしても……なぜティフィンという名はクロスワード・パズルを連想させるんだ？」

「連想させないよ。しつこく言わないでくれ。いいかげん鼻につきはじめたぞ」ランスは落ち着かなげにもぞもぞ身体を動かした。「やれやれ、こいつの出番が終わる。さあ、ようやくプログラムの八番だ」

色褪《いろあ》せた房飾りをさっと引きずって埃《ほこり》っぽい深紅の幕がおり、そのまえでアコーディオン奏者が拍手を受けている。ボックス席の老人がわずかに身を引くと、期待に満ちた様子で白髪《しらが》頭をあげた。やがて、オーケストラのファンファーレが鳴り響いてふたたび幕が開き、薄暗い舞台があらわれた。

徐々にライトが強まると、よくある東方風のリズム体操もどきの踊りを予想していたキャンピオンは、思わず背筋をのばした。踊り子は両手をわきに垂らして舞台の真ん中にたたずんでいた。長い純白のチュニック、エジプト風のかぶりものと首飾りを着けている。とくに美しくはなく、後方の黒っぽい垂れ幕を背に浮かびあがった輪郭は優美というより力強い感じだ。彼はすばやくボックス席を見あげた。

ティフィン博士は身を乗り出し、顔面に舞台の光を受けていた。その表情に少々予想外のもの——嫌悪に近い厳しさを認め、キャンピオンははたと、博士の名前がしきりにクロスワード・パズルを連想させた理由に思い当たった。眉をつりあげ、唇をすぼめて音のない口笛を吹きながら、彼は舞台に目をもどした。

〈チャーミアン〉と呼ばれる娘は尋常ならざる踊り子だった。踊り自体には古めかしい曲芸めいた趣《おもむき》すら感じられるが、そのゆっくりとした、不自然な動きが奇妙に優雅なものになっている。さらに、それよりはるかに驚かされるのは、奇妙にエジプトらしい、より厳密に言えば、古代エジプトらしい踊りになっていることだ。

彼女を見すえるキャンピオンの脳裏には、大英博物館のミイラの棺《ひつぎ》にずらりと描かれた色とりどりの図柄が浮かびあがっては消えていた。ダンスはゆるやかな音楽に合わせてなおも続き、チャーミアンは観客の視線を釘づけにした。不思議なことに、顔はまったく動かない。出番を終えるまで終始、仮面をつけているのも同然だったが、それでいて彼女の表現力は驚くほどだった。何かを伝えたい一心で踊っているのは間違いなく、この無言のコミュニケーションへの必死の思いが舞台の縁を越え、否応なしに人々の注意を惹きつけているようだ。

〈旧ソブリエティ座〉の観客はえてして手厳しく、とうてい高尚とは言いがたい連中ばかりだが、今は背筋をのばして魅入られたように見守っている。

ランスもうっとりしているようだった。彼女のダンスが終わるまで身じろぎもせず、背筋を硬直させたまま、黒っぽい目を驚嘆に見開いていた。

「いやはや」ようやく舞台に幕がおりると、ランスは言った。「いやあ、すごいぞ！彼女はまるでパピルスそのものだ。おい、どうかしたのか？」

キャンピオンは何も答えず、ぎょっとした顔でB号のボックス席を見あげている。その視線をたどったランスの口から叫びが漏れた。

「消え失せてるぞ」うんざりしきった口調だった。「こちらがあのすてきな彼女にぽかんと見とれてるあいだに、こっそり裏から抜け出したんだ。しかし、博士が夢中になるのも無理はないよな。彼女はなかなか見ものだったぞ」

「しっ、静かに」キャンピオンは立ちあがっていた。「行くぞ」と懸念に満ちた声でうながされ、画家は無言で立ちあがってあとに続いた。

ランスは座席のあいだをずんずん進む友人に追いつくことができず、ようやく二人が肩を並べたのは、観客席の背後の埃っぽい通路を走りはじめてからだった。

「おい、博士を見つけても余計な忠告なんかするなよ」ランスはあたふたと抗議した。

「そんなことを喜ぶ老人じゃないんだ。やめろ、キャンピオン。マーガリートはぜったいぼくを許してくれないぞ」

キャンピオンは押しとどめようとする相手の手を振り払い、ボックス席のドアを開いた。

ティフィン博士は座席からころげ落ち、すぐわきの床に横たわっていた。くずおれた拍子にまえにすべったようで、白い髪のあいだにうっすら赤黒い筋が見えている。

キャンピオンとランスは彼を劇場から連れ出してタクシーに乗り込ませた。それはまったく容易ではなかった。老人はまだ意識がなかったからだ。しかしランスは醜聞を避けることが何より重要だと確信していたし、それとはまったく異なる理由から、キャンピオンのほうもさっさと立ち去ることに同意する気になったのだ。

「まずは博士を家へ送り届けて、それから主治医を呼ばせよう。彼はだいじょうぶだよ――たぶん。鼓動はしっかりしているし、骨折もない。一日かそこらで回復するだろう」

「しかし理解できんな」ランスは不安のあまり蒼白になっていた。「マーガリートが〝危険〟と言うのを聞いたときには、大げさに考えてるだけかと思ったよ。まさかこんなことになるとは。ぼくの知るかぎり、博士はあの踊り子のファンの一人にすぎないんだ。彼がどれほど夢中で彼女を見つめようと、気にする者なんかいないはずだぞ」

キャンピオンはタクシーの後部座席で支えていた怪我人から目をあげた。

「それは事情によりけりだな」ゆっくりと答える。「どうやら、ランス、ぼくらは危険な領域に踏み込んでしまったようだ。この件はきれいさっぱり記憶から消し去るしかなさそうだぞ。もう忘れろ。何もなかったことにするんだ」

「どういう意味だ?」

キャンピオンは答えなかった。もぞもぞ動きはじめていたティフィン博士が、不明瞭なしゃがれ声をあげて彼らを飛びあがらせたのだ。ぶつぶつ口にされた言葉は最初は聞き取れなかったが、二人が身を乗り出して耳をそばだてていると、ひとつのフレーズが薄暗闇の中に鮮明に響いた。

「汝《なんじ》が伯父、汝に賜物《たまもの》をもたらす」エジプト学者は、はっきりそう口にした。そしてふたたびくり返したが、その風変わりな言葉は、か細い衒学的《げんがくてき》な声で発せられると、ただの馬鹿げたうわごととは思えなくなった。「汝が伯父、汝に賜物をもたらす……」「え？」ランスはぎょっとして尋ねた。「何と言われたんです、博士？　何の賜物ですか？」

老人は答えなかった。またもやがっくり首を垂れ、支離滅裂なことをつぶやきはじめている。

「あれを聞いたか、キャンピオン？」ランスは声をうわずらせた。「きっと脳をやられたんだ。あんな妙なことを口走るなんて。『汝が伯父……』」

「しっ」キャンピオンは穏やかにさえぎった。「いいから黙って。もう忘れろ。ほら、着いたぞ。博士を家に運び入れるのを手伝ってくれ」

ミス・マーガリート・ティフィンはキャンピオンに快い驚きをもたらした。彼はランスの口ぶりからして、最悪とは言わないまでも、それに近い想像をしていたのだ。だがじっさいの彼女はお高くとまった才媛ではなく、しし鼻で、ときおりちらりと内気な笑みを浮かべる、思慮深い魅力的な娘だった。しかも、自分の父親が人事不省のまま担ぎ込まれてくるのに不慣れな娘にしては、驚くほど冷静にすばやく対処した。

彼女が内心の緊張をわずかにのぞかせたのは、老人が無事にベッドに寝かされて主治医にゆだねられてからだった。

「あなたにはほんとに感謝してるわ、ランス」彼女は言った。「でも、これでわたしのお節介が正しかったのがわかって？」

「ああ、もちろん」ランスはやけに長いこと彼女の手を握りしめていたが、今ではキャンピオンにもその気持ちが理解できる気がした。「だけどまだ、どうも合点がいかないんだよ。いったいどうなってるんだ？　こんなことは、誰も傷つけてない無害な老紳士へのまったく無意味な攻撃としか思えないがね」

マーガリートはためらった。つぶらな灰色の目が、真剣そのものの光を帯びている。

「だったら、ランス」彼女はゆっくりと言った。「これからもそんなふうに考えて、そしていずれは――きれいさっぱり忘れてほしいの。このことは父にもほかの誰にも話さずに。あなたもそうしてくださるわね、キャンピオンさん？」

「はい」キャンピオンは重々しく言った。「当てにしていただいてけっこうです」

ランスは長々と別れの挨拶を述べ、しぶしぶその場をあとにした。

「そんなに謎めかさないでもいいだろう」彼はキャンピオンとともにベドフォード広場をあとにしながら、不平がましく言った。「そりゃあ、常識の範囲内なら何でもマーガリートの望みどおりにするつもりだよ。だけど、どうしてそんなにこそこそ隠そうとするんだ？　あの老人はどうしたっていうんだ？　ぼくが聞いたこともない、有名なおつむの奇病にでもなったのか？　あの〝伯父〟がどうとかいう話は何だったんだ？　くそっ、いまいましいったらありゃしない」

キャンピオンがタクシーを呼びとめると、ランスはさっと身を引いた。

「今度はどこへ行くつもりだよ？」

「ぼくのフラットにもどるのさ」

「何のために？」

「一杯やるのさ」とキャンピオン。「どうしても知りたいのならね、何か飲んで、ジンジャービスケットでもつまむためだよ。それに、どうも今夜は訪問者がありそうな気がしてね」

深夜の零時ごろにはランスは苛立ちにわれを忘れていた。

「ろくでもない一夜だ」彼は言い放った。「何より頭にくるのはきみのその落ち着きはらった態度だよ。くそっ、きみにティフィン御大《おんたい》の尾行を手伝わせたらどうだ？　きみをお気に入りの親戚とでもみなしてるらしいケチなこそ泥に紹介され、次には頭をぶん殴られたティフィンが見つかった。彼を家に連れ帰ってやればマーガリートは洗濯物でも受け取るみたいなそっけない態度だし、きみまで一緒になって何もなかったようなふりをしようとする。あげくの果てに、こんなところで夜中まで訪問者を待たされるとはね。いったい誰が来るはずなんだ？」

キャンピオンはデカンタを友人のほうに押しやり、

「見当もつかないよ」と正直に答えた。

「いかれぽんちめ！」その子供じみた悪態でいくらか気がすんだのか、画家はグラスに酒を満たした。「きみは誰も呼んではおらず、誰が来るのかもわからない。にもかかわらず、じきに訪問者があらわれるという霊感を受けたわけだな。よし、どうせ夜明かしするしかないのなら、少しは楽しませてもらおう。百対一で賭けるが……」

ランスははたと口をつぐんだ。外の玄関ホールで電動の呼び鈴が威厳たっぷりに鳴り響きはじめたのだ。ほどなくキャンピオンの従僕がスタニスラウス・オーツ警視と連れの男を無造作に室内に通し、背後の扉を閉めた。

煌々《こうこう》と明かりの灯った部屋の入口に立った二人の男は、いかにもしゃっちょこばった役人らしい雰囲気だった。キャンピオンが立ちあがって旧友に挨拶したが、警視の反応はよそよそしかった。冷淡とまでは言えないものの、いつになく堅苦しさが感じられる。最初の挨拶がすむと、オーツは暗に警告するようにうやうやしく未知の同伴者を紹介した。

「こちらはスミス大尉だ、キャンピオン君」と、いかめしい声で言う。「よければきみとフィアリング氏の今夜の行動について、少しお聞きになりたいそうだ。いや、ありがとう、だが飲み物はけっこうだよ」

小さな一団はぎごちなく腰をおろした。スミス大尉はただならぬ威圧感の持ち主だった。浅黒い肌をした痩せぎすの男で、無駄のないきっちりした身のこなしが、持ちまえの厳格な印象をさらに強めている。ひとつだけ明白なのは、彼の本名がスミスではなく、その階級がじっさいよりも低く紹介されたということだ。人相の研究家を自任するランスは、大尉の青い瞳の非情な鋭さに恐れをなしていた。彼はちらりとキャンピオンを見やり、友人が重々しい顔つきながら、驚いてはいないらしいのを知って胸を撫でおろした。

「何となく、警察から誰か訪ねてくるんじゃないかと思ってたんですよ」キャンピオンはオーツに言った。「ティフィン博士にはもう会われたんでしょうね？」

「ああ」警視に口を開く間も与えずスミス大尉が静かに答えた。「で、きみたちはなぜ今夜〈バラエティショーの殿堂〉へ行ったのか、正確に説明してもらえるかな？

それになぜ奇妙なほどタイミングよく、援助の必要が生じるやいなや現場にあらわれたのかもだ」

「それなら、ぼくよりフィアリングのほうがうまく説明できそうだから――」キャンピオンが切り出したとき、外でまたもや呼び鈴が鳴り響いてみなをぎくりとさせた。誰ひとり口を開かず、二人の訪問者たちは椅子の中でゆっくり向きを変えてドアを見つめた。

従僕はしばしあらわれず、ようやく姿を見せると、心もとない口調で言った。

「ミスタ・キャシー・ワイルドがご用だそうで」

ランスは身をこわばらせた。それでなくともいささか厄介なこの集まりに、あの元気者のキャシーが加わることを思うとぞっとしたのだ。ありがたいことに、キャンピオンの頭にも同じ考えが浮かんだようだ。

「ああ、それじゃしばらく待ってもらってくれ」キャンピオンはすばやく言った。

「書斎に通してな」

「承知しました」従僕が引きさがると、スミス大尉がくるりとキャンピオンに向きなおった。

「友人かね？」

「はい。ごく古い友人です」

「そちらは問題ありません、大尉殿」オーツ警視がうやうやしく言った。土気色《つちけいろ》の顔は無表情だが、口の両端がわずかにヒクついている。「わたしも知っている人物です」

「そうか。ならば話を続けよう。きみが説明してくれるところだったな、フィアリング君」

ランスはことの顚末《てんまつ》を率直に語った。自分はマーガリートの友人で、彼女にひそかな悩みを打ち明けられた。これまでずっと学者らしい不動の習慣を守ってきた父親が、とつぜん一人でふらふら出歩くようになったのが気がかりでならないというのだ。彼女は父親がチャーミアンなる踊り子の舞台を欠かさず見ていることをつきとめていた。そのためにこの踊り子を国じゅう追いまわし、ときにはひどくいかがわしい場末のホールにまで出入りしているという。そこで今夜はマーガリートを安心させるべく、くだんの踊り子をじかに見て、老人の反応を観察するために〈殿堂〉へ出かけたのである。そのさい、一人で行くのは気が進まなかったので、友人のキャンピオン氏に同行を求めた……。

スミス大尉はいっさい感情をあらわさずにその説明に耳をかたむけ、話が終わると、キャンピオンに目を向けた。

「では今度はその一件をきみの目にしたままに述べてもらおうか。どうか何ひとつ省かずに」

キャンピオンはボックス席で意識を失った老人を見つけた経緯を話し、ランスがそれを確認した。

「チャーミアンの舞台が終わってボックス席を見あげると博士の姿が消えていたので、どういうことか調べにいったんです。すると彼が負傷しているのが見つかったので、できるだけのことをしただけですよ」

「ボックス席や周囲にほかの者の姿は見えなかったんだな？」

「はい」とキャンピオン。

「それはぜったいにたしかかね？　誰ひとり見かけなかったのか？」

「誰ひとり」キャンピオンは答え、断固たる口調で続けた。「それにあのホールにいるあいだじゅう、一度も博士が誰かと言葉を交わすのは見ませんでした。彼はずっと一人きりでした。襲撃者はチャーミアンの出番のあいだにボックス席のドアを開け、博士を殴ってすぐに立ち去ったにちがいありません。ほかのものにはいっさい手を触れずに。彼のポケットは漁《あさ》られていなかった。あれは個人的な攻撃で、誰かがほかでもない、ティフィン博士を失神させようとしたんです」

スミス大尉はまぶたがぼってりした目をきらりと光らせ、キャンピオンをひたと見すえた。

「ホールの案内係はどうかな？」

「いや」キャンピオンはきっぱりと答えた。「そうは思えません。どのみち、博士はショーがはじまってからずっとあのボックス席にすわっていたんです。誰でも気づいたはずですよ。犯人は案内係になりすます必要はなかったはずだ。裏の通路は誰でも自由に歩けますしね。観客の中の誰であってもおかしくはない」

「まさにそこが頭の痛いところだよ」スミス大尉はつぶやき、初めてその顔に笑みが浮かんだ。「さてと、すっかり邪魔をしたが、協力には大いに感謝している。今夜はもうきみたちを煩わせるのはやめておこう、警視」

「承知しました」

オーツは解放の合図を丁重に受け入れ、年下の男が辞去するのを立ちあがって見送った。

大尉が行ってしまうと、室内の雰囲気はいくらかやわらいだようだった。ちょうどキャンピオンが寝酒を一杯やるようオーツを説き伏せたとき、ふたたび従僕が姿をあらわした。

「例のミスタ・ワイルドですが、旦那様」彼は切り出したあと、オーツの姿に気づいてふつりと言葉を切った。「失礼しました」ドアの閉まる音がしたので、てっきりお二人とも帰られたのかと思いまして」

「もうじきだ」見るからにくつろいだ様子で警視が言った。「じきに帰るよ。それまであいつは待たせとけ」従僕が出てゆくと、オーツは向きなおり、「わたしはきみが大好きでね、キャンピオン。きみのためならたいていのことはするつもりだが、きみの友人の一部には我慢ならんのだ。とうていキャシー・ワイルドと酒を酌み交わす気にはなれんね」

キャンピオンはかぶりをふった。「彼の真価がわかっていないんですよ」残念でならないような口ぶりだった。「あなたは頭が固すぎるんだ。誰にでも同じ美徳を期待する。キャシーはいっぷう変わった美徳の持ち主です。とくに多くはないけれど、おおかたの人間と同じぐらい豊かな美徳のね。ただし、ちょっと種類がちがうんです」

「そうだろうとも」オーツは興味もなさそうに言った。「わたしならあいつと散歩にいくまえにポケットを残らず縫い閉じて、シャツの首は南京錠で留めつけるがね。ともかく、ここへ来たのはキャシーの話をするためじゃない。きみが大尉に彼のほしがってた情報を与えてやれなくて残念だったよ。たまにはまともに役立つところを見せられたのに。だがまあ、誰も目にしなかったのなら仕方ない。それだけの話さ」

ランスが眉をひそめて苦々しげに口をはさんだ。「ぼくだけまったくのけ者みたいだぞ。何もかも、いよいよ不可解になるばかりだ。それで、あのスミスとやらは何者なんですか？」

警視は咳払いした。「ごく重要な地位にあるお偉方ですよ。よければ、あの人を話題にするのはやめましょう。それに、この件はいっさい口外せんでください。要は千載一遇のチャンスを逃してしまったということでしてね。いたしかたありません」

警視は言葉を切ってキャンピオンを見やり、そっと笑みを浮かべた。しばらくは誰も口を開かなかったが、やがて警視の笑みがわれ知らず広がった。

「不謹慎だが、笑わずにはいられんよ。そうそうあることじゃないからな、あの切れ者の閣下が手に負えん事態に遭遇するなんて。じっさい、今夜のことは彼のすぐ鼻先で起きたのに、もののみごとに見落としたんだ」

キャンピオンはにこりともしなかった。深々と椅子の背にもたれ、眼鏡の奥の両目をなかば閉じている。ややあって、不意に尋ねた。

「スミスは公安部の新顔なんですね？」

オーツは喉を詰まらせ、痩せこけた顔を赤黒く染めた。

「誰が公安部のことなど口にした？　何の話かわからんね。きみってやつはさっぱり理解できん。さて、そろそろ帰るとするか。もう夜中の一時になるはずだぞ」

　キャンピオンは黙って警視を立ちあがらせたものの、相手が外套《がいとう》を手にするまえにふたたび口を開いた。

「ぼくは今夜、ティフィン博士の名前を聞くなりクロスワード・パズルを連想したんです。だが両者にどんな関連があるのか思いついたのは、たまたま、あの踊り子を見つめる博士の表情を目にしたときだった。そのとき、はたと思い出したんですよ。彼は戦争中は旧館《OB》第四〇号室にいませんでしたか？」

「そうならどうした？」オーツは泡を食っていた。「いいからキャンピオン、こんなことには首を突っ込むな。きみの出る幕じゃない。こちらだってそうだ。どのみち、どうすることもできんのさ。このままそっとしておけ。この件をきみと話し合うわけにはいかんぞ。そんな度胸はない。われわれの出番じゃないんだよ」

「たしかにね。それでも興味深い事件だし、ぼくのにらんだとおりなら、少しは役に立てるかもしれない」キャンピオンはランスが初めて耳にする、穏やかながら、一歩も引かぬ口調になっていた。「まあ腰をおろして聞いてください。ぼくの考えてることを話します。埒《らち》もない空想かもしれないけど、それならそうと言ってくれてかまいません——礼儀正しくやんわりとね。じゃあいいですか、ぼくはこんなふうに見てるんです。ティフィン博士はたまたま高名なエジプト学者で、ヒエログリフやさらに初期の絵文字に関する著作で知られている。また彼は戦争中は海軍省の旧館第四〇号室、すなわち暗号解読室に所属していた。このふたつは事実です。そしてさらにふたつの事実がある。ぼくは今夜、彼がとつぜんある踊り子の舞台に欠かさず足を運ぶようになったことを聞かされ、そして今夜、彼女が踊っているあいだに彼は殴り倒された。襲撃者はたぶん、博士にあのダンスをしまいまで見せたくなかったんです。そこで、ぼくはせっせと考えずにはいられない——」

「やめろ」オーツの助言は、そっけないが心からのものだった。「忘れるんだ」

キャンピオンは背筋をのばした。

「そうするつもりです」真剣そのものの口調だった。「だけどぼくの見たところ、ここにいるランスがあの踊り子の舞台について言ったことはじつに的を射てると思うんです。ダンスが終わると彼はこちらを向いて言ったんですよ、〝彼女はまるでパピルスだ〟って。もちろん、彼女は紙人形みたいだったわけじゃないけど、どういう意味かはわかりました。彼女の動きはじっさい、ミイラの棺なんかに描かれた絵文字にそっくりだった。これでぼくの言いたいことがわかりましたか？　あの長い、ゆるやかな一連の動作が文書《もんじょ》のようなものだったとしたら、オーツ？　彼女が何らかの簡素なメッセージを踊りで表現したのだとしたら？　もちろん、簡素にせざるを得なかったはずです。なにしろ身ぶりで伝えるのだし、そうした話法で伝えられることはかぎられてますからね」

オーツは彼を凝視していた。ややあって、小声で毒づき、

「きみは頭がよすぎるんだよ。今に墓穴《ぼけつ》を掘るぞ」

キャンピオンは笑った。「やっぱりそうだったんだ。奇想天外だけど、まったくあり得ない話じゃないからな……〝汝が伯父、汝に賜物をもたらす〟」

何気なく口にされた最後の言葉は、警視にただならぬ効果を与えた。みるみる顔から血の気が引き、口があんぐりと開いた。

「そいつをいったいどこで聞き出した？」

「偶然、耳にしたんです。べつにうまいことやったわけじゃありません」キャンピオンは慎み深く認めた。「家へ連れ帰る途中でティフィン博士がつぶやいたんですよ。それが例のメッセージか、その一部だったんでしょう。彼は襲撃者が予想したよりすばやく理解したにちがいない。ごく簡単なメッセージですからね。古代の墓所の多くには、供物のリストにまじって、そうした言葉が刻まれている。だがたぶん肝心なの

は、オーツ、〝賜物をもたらす〟のは誰の伯父かってことです」

警視は答えなかった。彼が今にも何か打ち明けそうに見えたそのとき、そっとドアをたたく音が割り込んできた。キャンピオンは苛立たしげにため息をつき、大声で叫んだ。

「ああ、入ってくれ」

従僕が銀のトレイを手にあらわれた。何やらくしゃくしゃの新聞紙にくるまれたものが載っている。

「ミスタ・ワイルドがもう失礼しなければならないので、旦那様にこれをお渡ししてほしいそうです」従僕は重々しく言った。「〝待つのはかまわんが、あんたの同席者が気に食わん〟とお伝えするように言われました。わたしがたまたま、警視がおいでだと口にしたので」

「厚かましいやつめ！」オーツは笑った。「やつは何を持たせてよこしたんだ？　きみと分けっこするつもりだった夜食の揚げ魚か？」

キャンピオンは包みを受け取ると、すぐには開かずに椅子のアームに乗せた。

「問題はそこなんじゃないかな？」ドアが閉まると、あらためて言った。「つまり、誰の伯父かってことです」

オーツは肩をすくめた。「きみはすでに多くを知りすぎている。ロンドン塔に放り込まれるぞ。こっちの仕事に割り込むのはかまわんが、諜報部に手を出せば食いちぎられるのがおちだ」

「諜報部？」ランスが小声でつぶやいた。「へえっ、スパイ狩りだったのか！」

「そんなことは忘れなさい」オーツは断固たる口調で諭した。「これで事情はすっかり読めたでしょう。あの踊り子は何ヶ月もまえからこちらの監視下にあったのですよ。だが一度も疑わしい人物と接触するふしはなく、たしかに存在するはずのスパイ組織との関連もつかめなかった。そこで本部の誰かが、彼女はダンスを使った例の特異な方法で指示を伝えているのではないかと思いついたわけですな。その後はティフィン博士がメッセージの解読に乗り出し、かなりの成果をあげていたようだが、むろん、彼自身のほかに観客席の誰がその暗号を理解しているのかは特定できなかった。肝心なのはその点で、それこそ、こちらが知らねばならんことだったのですがね。今夜はたぶん、それを探り出すチャンスだったのだろう。ところが誰ひとり、博士が襲われるとは考えてもみなかった——彼があの女性にとつぜん興味を示したのは、事情に通じた相手にはひどく疑わしく見えたはずなのに。こんな事態を予想できれば、大尉は博士に監視をつけて何か探り出していたでしょう。誰であれ、彼を襲った人物こそがすべての鍵を握っているのですからな。おそらくそいつはこの国で、何食わぬ顔で本名のまま、よき市民らしい生活を送っているのです」

「まだよくわからないんですがね」ランスはざっくばらんに言った。「あなたのお仲間はそいつを見つけたらどうするつもりなんです？　逮捕するんですか？」

「逮捕する？」オーツは愕然としたようだった。「いやいや、他国のスパイは決して逮捕などされない。監視されるのですよ。何やら手の込んだニセ情報を渡されたりもする――それを信じ込むほどの間抜けならばね。むろん、今回のやつもつかまったりはせず、尾行されたはずです。やつは例の〝賜物〟、あるいは何らかの任務を帯びた〝伯父〟のもとへわれわれを導き、今度はその人物が監視されることになる。そのようにして、敵の諜報網の全貌が暴かれてゆくのです。さっきも言ったように、今夜は千載一遇のチャンスだった。しかし、それも今では消えてしまった。あのおびただしい観客の中の誰がメッセージを理解したもう一人の人物だったのか、それがわかることは永遠にないでしょうからな」

　キャンピオンが陰気にうなずいた。「そうですね。ああ、もう少し早く気づいていればなあ」彼はつぶやきながら、なかば無意識にさきほどの包みを取りあげて新聞紙を解《と》いた。古びた茶色い革の札入れがぽとりとひざに落ち、オーツが声をあげて笑った。

「ほほう。キャシーからの貢《みつ》ぎ物か！　近いうちにきみをしょっぴくはめになりそうだな、キャンピオン。あんなくず野郎とかかわってると、ろくなことにならんぞ。で、それはどういうことなんだ？　はっきり言って、ひどくうさんくさく見えるがね」

「さっぱりわかりません」キャンピオン自身も驚いた様子で、つと身をかがめ、包み紙とともに床に落ちた紙切れを拾った。書斎のデスクに備えられているメモ用紙だ。

「キャシーはいいやつなんだけど、字が下手くそでね」彼は目のまえに広がるほとんど判読不能なしろものに目をこらし――「ああ、くそっ！」と絞り出すように叫ぶと、札入れを握りしめてぱっと立ちあがった。

「オーツ」と、震え声で言う。「これを読んでください」

ランスも警視とともにメッセージを読んだ。一部の卑語は画家の理解を越えていたものの、おおまかな意味はあきらかだった。

〝親愛なる相棒〟とメモにはしたためられていた。〝こいつが無事にパリッとしたまま、そっちの手に届くといいんだが。おれは今夜、ずっとボックス席Bのあんたのお客に目を光らせてたんだ。正直いってひとつには、あんたが何を目論《もくろ》んでるのか気になったからだよ。で、やっこさんをぶん殴った野郎を目にすることになった。とめに入らなかったのは、何か妙なことに——とくにあすこで——巻き込まれるのはごめんこうむるからだが、きっとあんたは何か形見をほしがると思ってね。そいつのお宝を手に入れといたから、遠慮なく受け取ってくれ。命にかけて、おれはそこからバラ銭しか取っちゃいないし、残りのものからやつの素姓と居場所がわかるはずだ。知ってのとおり、バート、おれは古い仲間のためでもなきゃこんなことはしない男だが、あんたはずっと、とびっきりの仲間だからな。懐かしのオーツに、おれからの挨拶代わりにビンタでもくれてやってくれ。じゃあな。ご存じ、C・ワイルド〟

オーツはそのメモに無言で二度目を走らせた。どういうことか、ぴんとこないようだ。ついにキャンピオンがさし出した札入れを受け取ると、警視はわずかに震える手でそれを開いて中身をコーヒーテーブルの上に並べた。ややあって目をあげたときには、驚嘆の表情が浮かんでいた。

「持ち主の名前と住所が書かれた封筒が二枚、かかりつけの医者の処方箋、それに運転免許証。キャシーの証言じゃ誰もムショにはぶち込めそうにないが、こいつを監視させるにはじゅうぶんだろう。やつはもうこっちのものさ。きみには畏れ入ったよ、キャンピオン。きっと何か守護霊でもついてるんだな」

キャンピオンはキャシー・ワイルドのメモを取りあげ、注意深くポケットに入れた。

「ぼくの秘法を伝授しましょうか、警視？」

「それよりきみのツキがほしいよ」とオーツ。「まあいい、何なんだ？　敬聴しようじゃないか」

「誰とでも酒を酌み交わす」キャンピオンは言った。「そして、場所を選ばず友を見つけることですよ」

犬の日

The Dog Day

あらゆる神秘、不可思議なもの、奇跡的な光景は、薄明《はくめい》の中でこそ堪能できるという昔ながらの説がある。正真正銘の奇妙きわまるものですら、白日のもとでは、そうは見えなくなってしまうのだ。

真っ白な夜明けの光輝の中で岩場にすわったアルバート・キャンピオン氏は、その定説をとくと考え、却下した。手にしたバスタオルで注意深く両目をこすっても、老人と娘と犬は消え失せたりはしなかった。彼の眼下のまばゆいばかりの砂浜で、おごそかな協議を続けている。

あちらは彼に気づいていなかった。そこで何はともあれ、またとない見ものをぶち壊したくないという当然の心理から、キャンピオン氏は身じろぎひとつせず、痩せた体軀《たいく》を背後の薄紅色の岩山に溶け込ませようとした。

周囲には見渡すかぎり人影がなく、鏡のように穏やかな海にはヨットはおろか、さざ波ひとつ認められない。いくらか離れたところにある慎ましい遊歩道の広場やとんがり屋根のあずまやも、空っぽの皿のようにがらんとしていた。

　老人と犬は向かい合わせにすわり、かたわらに立った娘がそれを見おろしている。少々現実離れした、摩訶不思議な雰囲気だった。どこかが尋常でないのだ。中では娘がいちばん普通に近そうだが、あれほど夢のように女らしい美しさだけでも、じゅうぶん驚異に値するだろう。腰の片側に体重をかけ、夜明けの光に髪を白い炎のように燃えたたせてたたずむその姿は、並の男なら誰もが息を呑むほど奇跡的な光景だった。

　老人と犬はさらに作り物めいている。どちらもやけに改まった印象で、平たい石に腰かけた老人は、役員会の議長でも務めているような態度と服装だった。人あたりのよさそうな初老の男で、きれいに髭を剃りあげ、光沢のあるグレイのスーツと白いシャツ、くるぶしの上まであるゲートルというでたちだ。小指には指輪がきらめき、首からは片眼鏡がぶらさがっている。いっぽう、砂の上にすわった犬は両脚をのばし、そこらの人間が誰でもするようなすわりかたをしていた。犬らしい骨格への唯一の配慮といえば、がっしりした四インチほどの尻尾を写真立てのフラップのようにうしろへのばし、体重の大半を支えていることだ。チョコレート色のなめらかな毛並みと、小型の荷馬のように引きしまった身体をした犬は、ひとときの安息を得た者ならではの瞑想的な面《おも》もちで、友人の背後の海に見入っていた。

やがて、キャンピオンの背後にそびえる断崖の向こうで一羽の雄鶏が時を告げると、娘がさっと背筋をのばした。

「もうかなり遅いわ」彼女は少々理屈に合わないことを口にした。

「ああ」と老人が残念そうに言う。「どうかね、シアボールド？」

犬はきらめく水面《みなも》からなごり惜しげに目を離し、ゆっくり首をめぐらした。大げさな身ぶりでため息をつき、威厳たっぷりに立ちあがると、いかにも犬らしく脚を一本ずつ慎重にのばした。それからさらに、あっけにとられるキャンピオンの目のまえで、普通は犬たちがすることはない柔軟体操を続けた。左の前脚をあげ、骨折でもしたように危なっかしくぶらぶらさせたあと、右の前脚で同じ動作をくり返す。次には左の後脚を身体のうしろでぐんにゃりと引きずり、右の後脚で同じことをした。最後に鼻先が砂に埋もれるほど低く首を垂れ、ごろりと横向きに倒れて白目を剝《む》くと、ようやく身体の隅々までもがきちんと作動することに満足し、連れの二人よりわずかに早く堂々たる足取りで歩きはじめた。老人と娘があとに続いた。

彼らは少しも急がず、悠然と遠ざかっていった。とはいえ、のんびり散歩を楽しんでいる感じではない。こうして行進するのも仕事の重要な一部だとでもいうように、いかにも目的ありげに歩いてゆく。

　彼らが姿を消すのを見届けたキャンピオンは少々目まいを覚え、当惑しながらホテルへもどった。海辺の避暑地の見あげるばかりの建物はまだ、うつろな目で眠りをむさぼっていたので、まるで寄宿舎に忍び込んだ侵入者のような気分だった。

　うまく寝つけず早朝に起き出した者がときおりするように、キャンピオンはその日の大半を眠ってすごした。午後のカクテルアワー近くになって階下のラウンジにおりたときには、海は見慣れた青と金色の光に覆われ、遊歩道には点々とパラソルが広げられ、砂浜はありとあらゆる年齢の子供たちと色とりどりのおもちゃでにぎわっていた。夜明けの魔法のムードは消え失せ、世界はふたたび確固たる物質で埋めつくされている。アイスクリームの屋台、夕刊、飲み物のトレイを手にした白い上着姿のウェイターたち……。

　キャンピオンは自分の空想を面白がるように今朝の光景を思い浮かべた。きっとあの娘はあれほど美しくはなく、老人はあれほど儀式ばった感じではなかったのだ。それにあの犬もあれほど――何と言うか――仕事に向かう人間じみてはいなかったのだろう。

　昨夜はかなり遅くに着いたので、他の宿泊客とまともに顔を合わせるのはこれが初めてだった。隅の席に腰をすえ、シェリー酒をちびちびやっているうちに、どうにもしっくりしない気分になってきた。酒はうまいし、部屋も感じがいいのだが、三日間の完全休養にうってつけの隠れ家としてここを薦めてくれた友人の配慮に従ったのがまずかった。ここはまさに友人の説明どおり、上流階級向けの、落ち着いた、きわめて英国風のホテルで、良質な料理と極上のサービスが提供される。だがそうした特性には当然ながら、墓場のような静けさがつきものであることをキャンピオンは忘れていたのだ。

周囲にはこの場にふさわしい、おなじみの面々がずらりと顔をそろえていた。いっぽうの隅では大佐と夫人が小声で話しながらグラスを傾け、そのかたわらでは老婦人と付添い《コンパニオン》の女性が静かに編み針を動かしている。明るくふくよかな母親に連れられた愛らしい双子の令嬢たちが、大佐の若い息子にじっとにらまれ、しぶしぶ目をそらすのも見えた。インド帰りの未亡人とおぼしき女性は、氷の入った酒を片手に独りわびしく雑誌をめくり、二人の独身男性は知り合い同士でもなさそうなのに、身を守るようにくっつき合ってすわっている。ゴルフを終えた活発そうな娘とその女友だちは、ロビーでクラブを置くなり楽しげな活気あふれる声をひそめ、鉢植えのヤシの下で居眠りしているどちらかの父親のもとへやってきた。彼らと残りの数人の客はみな上流階級の英国人で、みごとなまでに物静かだった。

　当のキャンピオンも決して浮かれ騒ぎは好まないほうだが、犯罪の調査という仕事柄、長らくさまざまな人種とかかわってきたため、生来の自意識の強さは克服されていた。今ではこんな人々に囲まれていると、神経をもろに逆なでされる気がした。彼らはあきらかに互いに好意を——あるいは少なくとも、相手の感情への細やかな配慮を——抱いており、自分の同類を不快にさせたり困惑させたりしないよう、ろくに口もきかずにすごすつもりなのだ。それほど献身的な礼儀を示せる者同士なら、もっと柔軟性を発揮して、和気あいあいとすごすことも可能なはずではないか。しかしたしかに、なかなかそうはいかない。こんな場面で未知の相手にひとつでも不用意な言葉をかければ、相手はさっと顔色を変え、うしろめたげに周囲を見まわして、堅苦しい決まり文句でさらにガードを固めるだけだろう。

　いっそ国家的大惨事でも起きれば垣根が崩れるのだろうか。それともピンクの雪でも降らないかぎり、このうんざりするほど繊細な空気は打ち砕けないのか。そんなことを思いめぐらしていたとき、今朝のあのチョコレートの色の犬がおぼつかない足取りでラウンジに姿をあらわした。見るも哀れなありさまだった。左の前脚を力なくぶらぶら垂らし、三本のよろめく脚で身体を引きずりながら寄せ木貼りの床の上を進んでくる。部屋の真ん中に着くと、犬はどさりと倒れて白目を剝いた。

たちまち、そこらじゅうで衣擦《きぬず》れの音がして椅子がギシギシ軋《きし》ったかと思うと、室内は水を打ったようになった。犬は無言であたりを見まわすと、健気《けなげ》にも起きあがってちんちんをしようとし、またもやくずおれ、一度だけ、か細い鳴き声をあげた。

「可哀そうに、怪我してるのよ」そう切り出したのはゴルフ好きの娘の一人だ。だが彼女が頑丈な革靴で床を横切るまえに大佐が新聞を放り出し、老婦人が編み物をわきにどけ、二人の独身男が立ちあがっていた。真っ先に犬に近づいたのは、いちばんそばにいたインド帰りの未亡人だった。

ほどなく、キャンピオン自身も心配そうに群がる人々に加わった。犬はいくらか持ちなおし、にわか医師団が傷ついた脚を調べ終えていた。大佐が、どこも骨は折れていないと断言した。狩猟用のハウンドの群れを飼っているという、例のゴルフ好きの娘の父親はリューマチを疑い、インド帰りの未亡人も同じ意見のようだった。ふくよかな母親は負傷者をなだめすかして角砂糖を食べさせ、年長の独身男が彼女のために砂糖壺を捧げ持っている。

「いい犬ですね」大佐の息子が愛らしい双子の一人に言った。「何の種類だろう?」

「スパニエルとラブラドールの交配種だろう」若いほうの独身男が意見を口にする。

「テリアの血もまざっているぞ」と大佐。

「いえ、ハウンドですわ」老婦人が勇気を奮って言った。「あの耳からして、間違いありません」

「いずれにせよ、混血の紳士というわけね」双子のうちでもとくに愛らしい娘がくすくす笑い、「何て名前なのかしら？」

彼らがあらゆる名前を口々に試すと、犬は協力的な態度を見せた。〈ジャック〉にはぽかんとしてみせ、〈ジム〉には戸惑った顔。〈ローヴァー〉という名前を面白がり、〈スミス〉には冷ややかな反応、〈ニガー〉にはちんちんをしてみせたが、〈ヘンリー〉と呼ばれると吠え声をあげた。

「友だちの名前なのだろう」大佐が言った。「以前にそんな反応をする犬を見たことがある」

「〈ルンペルシュティルツキン〉じゃないかしら？」老婦人の付添いの女性がおとぎ噺の小人の名前を持ち出し、一同はみな、何と愉快な人だろうかと考えた。

キャンピオンは思わず、日ごろのつつしみを忘れ、有利な立場を利用した。

「シアボールドかな？」と言ってみたのだ。

犬はつと居ずまいをただし、驚きと侮蔑を込めて彼を見つめた。これまでの職業人生でキャンピオンはついぞ、これほど身のすくむ嫌悪のまなざしを向けられたことはない。密告屋《イヌ》め！　という無言の侮辱が胸にしみ、彼は顔を赤らめた。

「その名は気に入らんようだな」大佐が笑った。「おい、おまえは何というんだ？　レックスか？」

恥じ入ったキャンピオンは彼らに背を向けたとたんに、今朝のあの娘とばったり顔を合わせた。彼女はじっさい、美しかった。驚いたことに、今朝の印象と少しも変わらぬ美しさだ。彼女は両目にかすかな戸惑いの色を浮かべて、とがめるように彼を見ていた。

「申し訳ない」キャンピオンはぶつぶつ言った。

「そうでしょうとも」娘は答え、人垣を押し分けて姿を消した。

それきり、彼女と二人きりになる機会がないまま夜は更けた。小さなホテルは今や、オウム小屋も同然のにぎわいを見せていた。周囲の誰もが誰もと知り合いになり、話していないのは到着したての者たちだけだ。大佐と老婦人と付添いの女性は、年長の独身男性と奥の小部屋《アルコーブ》でブリッジをしている。ふくよかな母親と大佐の夫人は子供たちについて楽しげにおしゃべりし、未亡人はゴルフ好きの娘の父親の話に耳をかたむけていた。彼の娘たちは双子の令嬢と合流し、もう一人の独身男と大佐の息子、それにほかの若者たちの一団とはしゃぎ合っている。

やがてキャンピオンはロビーで、あの美しい娘がエレベーターを待っているのに目をとめた。「もう部屋にあがるわけじゃないでしょうね？」彼は引きとめようとした。「せっかく盛りあがってきたのに。あなたも仲間に入りませんか？」

娘はかぶりをふった。「それは契約に入ってません」

キャンピオンは戸惑い、ためらいがちに切り出した。「あの名前の件は本当に申し訳ない。じつは今朝、あなたがシアボールドと砂浜にいるのを見かけてね。それにあなたの……」

「父です」娘が引きとった。

「お父さんもご一緒に。しかし、まだよくわけがわからない」

娘は笑った。「そうなの？　あなたは探偵さんかと思ってましたけど」

「そのとおりです」エレベーターがおりてきたので、キャンピオンは必死になって続けた。「ひとつにはそのせいで、ぼくはいやになるほど好奇心が強いんですよ。どうかな、明日にでも説明すると約束してもらえませんか？」

「明日にはあたしたち、旅立ってます」娘は答えてエレベーターの中へあとずさり、すっと彼の視界から消え去った。

翌朝、日覚めたキャンピオンがベッドの上で挫折感と後悔に悶々としていると、ドアの下のほうをそっとパタパタたたく音がした。

飛び起きてドアを開けると、廊下にシアボールドがいた。前脚を傷めているふしもなく、元気まんまんの様子だ。犬は心得顔にキャンピオンをちらりと見あげ、形ばかり尻尾をふると、彼の足元に小さな白い紙片を落として階段へと駆け去った。

小さなカードを拾いあげてみると、こぎれいに印刷された営業用の名刺だった。〈シアボールド商会〉とある。〝ご交流のきっかけ作り。ホテル専用サービス〟

裏面には、昨今流行《はやり》の丸っこい文字が一行だけ鉛筆で書き込まれていた。

〝来週は、プリムビーチです〟

我が友、キャンピオン氏

My Friend Mr. Campion

わたしから見て、友人のキャンピオン氏に関する不可解きわまりないことのひとつは、一九三五年の今では出会って八年にもなるというのに、いまだに彼の正体がさっぱりつかめないことです。おかげで、次には彼にまつわるどんな話を語らされることになるのか見当もつきません。アルバート・キャンピオンという名前が偽名なのは知っていますし、もちろん、これまで記録してきたさまざまな冒険談の中で、ぽろりと明かされた情報の断片を拾い集めることもできました。けれども彼が何者で、本名は何というのかは、こちらの一存で明かすわけにはいかないというより、わたし自身がまったく知らないのです。

これはあとになって気づいたことですが、わたしたちは当初から、きわめて特異な出会いかたをしました。一九二七年の初め、わたしは *The Crime at Black Dudley*『ブラック・ダドリー館の犯罪』という本を書いていました。風変わりな荒涼たる古屋敷で起きた、ぞくぞくするような謎めいた事件を扱ったものです。話が四分の一ほど進み、申し分のないヒーローが過酷な状況の中でじつに立派にふるまっていたときのこと――館で催された晩餐会の様子を心静かに語っていたわたしは、ふと、一人だけ余分な登場人物がいることに気づきました。細心の注意を払って集めた小規模なハウスパーティの客人たちの中に、正体不明の男が紛れ込んでいたのです。

わたしは真っ先に頭に浮かんだことを書きとめ、できあがったページが愉快なものになることを祈るだけの〝愛すべき老婦人〟の一人だと思われたくはありません。むしろ自分が書こうとしているのはどんな話で、作中に登場するのがどんな人々なのかをすべて正確に把握できるまで、頭の中で何度もプランを練り、組み立て、無駄を省いてそぎ落とし、ささいなことにこだわる〝やかまし屋〟でいたいのです。

しかも、その点についてわたしは確固たる意見の持ち主で、作中の人物たちをコントロールできない作家は、我が子をコントロールできない母親と同様、じつのところ彼らの面倒を見る資格がないと信じています。そんなわけで、ブラック・ダドリー館の晩餐の席にあらわれたこの未知の男にはぎょっとして、ひどく居心地の悪い気分にさせられました。

今も憶えていますが、キャンピオンは何とも場違いなせりふで会話に割り込んできたのです。それも、不気味な話の流れにまるで合わない軽薄な口調で。そうして、ひょいと首をめぐらしたらとつぜん目に飛び込んできたとでもいうように、わたしの脳裏には彼の姿があざやかに焼きつけられました。

彼は一見、必ずしも好感のもてるタイプではありませんでした。近ごろではかなりましになりましたが、思えばキャンピオンも齢《よわい》を重ね、今年で三十五歳にもなるのです。歳月に少しは鍛えあげられたのでしょう。

一九二七年の彼は、まさに当時の作品に描かれたとおり――つややかな黄色い髪をした長身の青白い若者で、馬鹿でかい角縁《つのぶち》眼鏡をかけ、猛烈な間抜け面《づら》をしていました。今でも彼をよく知らない相手がみな騙されるように、わたしもその表情に騙されて、その奥にひそむ洞察力や、鋭敏な鍛え抜かれた頭脳には気づきもしませんでした。それに、あの冴えない外見の下に隠された愛すべき気質にも。

わたしは自分の作品から彼を追い出そうとしました。彼の能天気なおしゃべりが荘厳な物語に興を添えるとは思えなかったからです。けれど、どれほど懸命に振り切ろうとしても無駄でした。二人の登場人物に言葉を交わさせはじめるや、わきから突拍子もないせりふを吐いて、あの青白い若者がまたもや顔を出すのです。

わたしはうろたえ、一週間ほど仕事を放棄しました。それでキャンピオンとは手を切ったつもりでしたが、ブラック・ダドリー館の晩餐会にもどったとたん、彼が例のうつろな笑みを浮かべ、掛け合い漫才師のようにぺちゃくちゃしゃべっているのに出くわしました。

ついにわたしはあがくのをやめ、以後は彼が主導権を握ることになりました。ヒーロー役の小太りの若き法廷弁護士は見せ場を次々とさらわれ、いざというときにはキャンピオンがあらわれて、みごとにことを収めてしまいます。

わたしはわれ知らず、彼に好意を抱きはじめました。キャンピオンは機略縦横で勇ましく、常に完璧な紳士でしたから。ただし、あの小生意気な冗談や、間の悪いときにひどく馬鹿げたことを口にする癖にはどうにもなじめませんでした。

そんなわけで、ブラック・ダドリー館の一件はたしかにキャンピオンのお手柄だったとしても、こちらは彼に満足してはいませんでした。彼は何やらひどく怪しげな仕事にかかわっているようで、わたしは何度か戸惑い、彼は悪党なのかと思ったほどです。結局、彼は最終章を待たずに、登場したときと同じぐらい唐突に姿を消し、明確な立場はわからずじまいでした。

次にキャンピオンと出会ったのは、*Mystery Mile*『ミステリー・マイル』を執筆しはじめたときです。（第一章で）蒸気船エレファンタイン号のラウンジにあらわれた彼は、さいわい、以前ほど退廃的には見えませんでした。
もちろん、わたしは彼の登場する物語を書くつもりだったのですが、その後のすべてのキャンピオン・シリーズの場合と同様に、この作品の中でも彼の役割をはっきり決めていたわけではありません。最初からずっと、それは彼自身が決めてきましたし、今ではこちらも長年の頼もしい合作者に対するような信頼を彼に寄せるようになっているのです。
わたしたちがまともに知り合ったのは、『ミステリー・マイル』の中でのことでした。物語がはじまって間もなく、彼は名刺を取り出します――

〈アルバート・キャンピオン〉

諸事の巧みな解決
見苦しい、悪趣味で卑俗な紛糾や
警察の関与が望ましくない
事態の処理に最適

所属クラブ：パフィンズ
ジュニア・グレイズ

さらに話が進むにつれて、わたしは初めてボトル通りの警察署の上階にある彼のフラットの内部を目にし、彼の〈従僕〉を自認するマーガズフォンテイン・ラッグに出会ったのです。

ラッグのことは初めから気に入りました。そのころにはもう、キャンピオンの話はすべて眉につばをつけて聞くようになっていたわたしも、ラッグが元泥棒で、〝たいそう役立つ男〟だという説明だけは素直に信じられました。たしかにラッグは『ミステリー・マイル』の終盤で大活躍し、あの大きな、生白い、みじめな顔がわたしにとってもキャンピオンの顔と同じぐらいおなじみのものになったのでした。

わたしがビディ・バジェットに出会ったのはミステリー・マイル村でのことです。キャンピオンもそこで彼女と出会ったわけですが、しばらくは少々悩ましいことになりました。ビディの心がアメリカ人の青年、マーロー・ロベットに傾くのは理解できたものの、わたしはキャンピオンがけっこう気に入っており、大事なヒーローが袖にされるのは見たくなかったのです。

しかし、その後のキャンピオンは二度と以前ほど気楽に見えなくなったとはいえ、次に会ったときには、自分の境遇に満足しているようでした。当時の彼は、財務省のためにたいそうデリケートな、ちょっとした事件を扱っていました。

わたしたちの国では ***Look to the Lady***『淑女にご注意』、米国では ***Thu Gyrth Chalice Mystery***『ガース家の聖杯』と呼ばれることになるその物語を書き終えたとき、わたしはキャンピオンについて、本名以外の知るべきことはすべて知ったつもりになりました。ところが、またもや驚かされました。***Police at the Funeral***『手をやく捜査網』を書いたときのことです。それまで彼が殺人事件の調査をするのを見たことがなく、当然それはスコットランド・ヤードのスタニスラウス・オーツ警部に任せるつもりだったのに、第一章でキャンピオンがひょっこりあらわれたのには、まったく仰天したものです。彼は深刻な状況に合わせて生来の快活さを抑え、誰ひとり憤慨させることなく、悲嘆と恐怖に打ちのめされたケンブリッジの一族に溶け込みました。その上、あきらかに事件の解決に貢献し、何と『ミステリー・マイル』や『淑女にご注意』の活劇場面で見せたのに劣らぬ手腕を示したのです。正直いって、嬉しくなりました。彼が絶体絶命の窮地や危険きわまる敵からどうにか逃《のが》れる生来のはしっこさに加え、真の観察と推理に必要な知性を備えていることが判明したのです。

例によって、キャンピオンは周囲のみなとうまくやり——こちらとすれば、そこが彼の大きな魅力なのですが——手厳しい〝キャロライン大叔母様〟にすら気に入られ、まんまと〝ウィリアム叔父様〟を逮捕の憂き目から救いました。

その後、キャンピオンと正真正銘の旧友になったわたしは、ポンティスブライト伯爵家の家宝にまつわる彼の冒険を記録しました（わたしたちが *Sweet Danger*『甘美なる危険』と名づけたその作品は、米国では何らかの理由から、Kingdom of Death『死の王国』と呼ばれています）。その事件のさなかにアマンダ・フィットンが登場し、わたしはてっきり、キャンピオンはあのお転婆娘にほだされ、年貢を納めるものと考えました。けれどもやはり、ビディの記憶がまだ心にうずいていたのでしょうか。彼は逃げ出し、*Death of a Ghost*『幽霊の死』の愛らしい老女、ラフカディオ夫人の救助に向かってしまいます（ちなみにこの題名は、ちょっと考えただけで謎の全貌を明かすものです）。この作品で、かつてないほど野心的な奮闘を見せたキャンピオンは大いに評価をあげました。

以後も彼は間違いなく、冒険に満ちた人生を送っています。いちばん最近経験したのは、またもや殺人事件です。キャンピオンはその記録を *Flowers for the Judge*『判事への花束』と呼ぶべきだと考えていますが、英国の裁判所の慣例に詳しい人ならその題名から、彼がわたしをどんな事態に遭遇させたか察しがつくことでしょう。

アルバート・キャンピオンについてお話しできるのはこれぐらいです。わたしは彼が大好きで、自分は彼のいちばんの親友なのだと思いたい。けれど、そんなわたしにとってさえ、彼はいまだに謎の人物です。ともかく一九〇〇年の五月二十日に生まれたことはたしかだし、おそらくラグビー校の出身でしょう――わずかにそれらしい流儀がうかがえます。本人によれば、ケンブリッジ大学のセント・イグナティウス・カレッジに通い、わたしの知るかぎりでは、一九二四年に刺激的な職業人生を開始しました。所属クラブは〈パフィンズ〉と〈ジュニア・グレイズ〉で、住所はロンドン西一地区ピカデリーのボトル通り十七番地。ただしどんな一族の出で、本名は何というのか、それに休日は何をするのかといったことは、残念ながら不明です。

とはいえ、彼はときどき軽はずみに行動し、不用意に口をすべらせたりもします。ですから――今度は何が判明することやら。わたしは希望を捨てていません。

アルバート・キャンピオンと生みの親アリンガム

戸川安宣

アガサ・クリスティ（一九二〇年『スタイルズの怪事件』）に次ぎ、ドロシー・L・セイヤーズ（一九二三年『誰の死体？』）と並んでデビューし、後につづくナイオ・マーシュ（一九三四年『アレン警部登場』）とともに、英国女流推理作家のビッグ4と称されたマージェリー・アリンガム。そのアリンガムが創造したアルバート・キャンピオンは、きわめて常識的な好青年といった趣《おもむき》で、並み居る個性的な名探偵に伍してその存在を誇示するには些《いささ》か心許《こころもと》ない気もするが、その好青年ぶりを愛する向きも多いようで、いまだに英米では新装版が刊行され、読み継がれている。このたび、キャンピオンの活躍する中短編の精華をあらまし年代順に並べて提供しようということになった。キャンピオン譚は、作品ごとに登場するキャラクターも歳を取り、成長する。わが国ではクリスティやセイヤーズに比してその知名度は低いが、これからアリンガムを読んでみよう、という読者には格好の入門書となることだろう。

父ハーバートと若き日のマージェリー

マージェリー・アリンガム Margery Louise Allingham　マージェリー・アリンガムは一九〇四（明治三十七）年五月二十日、ロンドン近郊のイーリングで生まれた。父、ハーバート・ジョン・アリンガム、母、エミリイ・ジェイン（ヒューズ）はいとこ同士（ハーバートの叔母の子供）で、ともに作家であった。ハーバートは父ジェイムズ・ウイリアム・アリンガムが創刊した週刊の〈クリスチャン・グローブ〉を編集し、〈ロンドン・ジャーナル〉にも関わっていたが、やがてあちこちの雑誌に記事を書くようになる。エミリイも婦人誌に小説を寄稿していた。エミリイの妹モード・ヒューズは映画雑誌〈ピクチュア・ショー〉を創刊し自ら編集に当たり、成功させていた。

父ハーバートはマージェリーが生まれたのを契機に、出版や編集よりも自ら執筆する道を選び、同時に一家はイーリングからイングランド南東部に位置するコルチェスター南西の村レイヤー・ブレトンに引っ越した。エセックス沼地の端に接する場所である。一家はジョージ王朝様式の牧師館に住み、やがてそこには作家やジャーナリストの集団が自由に出入りするようになった。ここでマージェリーはものを書くことを覚え、八歳のときにはおじの一人が出していた雑誌に物語を書いて初めての稿料を得たという。学校に通うようになると執筆活動は生活の一部となった。ケンブリッジのパース女学校の寄宿舎に入る頃には演劇に目覚め、脚本を書き、演出し、自ら舞台にも立った。一九二〇年にロンドンに戻ると、リージェント・ストリート総合技術専門学校に入学し、そこで演劇と演説のトレーニングを積み、みごとに幼少時の吃音を克服した。ここで彼女は詩劇'Dido and Aeneas'を書き、セント・ジョージズ・ホールとクリップルゲイト・シアターで上演し、自ら主役を演じた。このとき舞台装置を担当したのが、同い歳のフィリップ・ヤングマン・カーターで、やがて二人は一九二七年に結婚する。フィリップはイラストレイター兼装幀家となり、マージェリーの作品はもちろんのこと、ジョン・ディクスン・カーなど多数の本の装幀を手がけることになる。

アリンガム家はレイヤー・ブレトンにほど近いマーシー・アイランドに家を持っていた。マージェリーはそこで*Blackkerchief Dick*という冒険小説を書き、作家デビューを果たす。このとき彼女は十九歳だった。さらに二五年には*Water in a Sieve*という一幕もののコメディをサミュエル・フレンチ社から上梓する。この頃、彼女は父から一九二〇年代の若者についてのシリアスな小説を書くよう強く薦められるが、創作意欲が湧かなかったこともあって試行錯誤の末に頓挫してしまう。この経験がマージェリーに「推理小説に逃避する」決心をさせたのだという。*The White Cottage Mystery*は彼女の推理分野における最初の試みだった。この作品は一九二七年、〈デイリー・エクスプレス〉に連載され、翌年ジャラルズ社より刊行される。さらに翌年の*The Crime at Black Dudley*で、アルバート・キャンピオンが脇役として初登場することになる。

結婚当初、マージェリーは毎週一万語を執筆していた。生活のために、彼女は自分の書きたい小説以外にも出版社の注文に応じて次々と作品を発表していった。自分の本業と思う小説は地方の家で、生活費を稼ぐためのものはロンドンで、という具合に分けていたという。一九三四年、マージェリーとヤングマンはレイヤー・ブレトンから五マイルというところにあるエセックス州トールズハント・ダーシーのダーシー・ハウスを終《つい》の棲家と決め、ここに移り住む。マージェリー・アリンガム・ソサエティのホームページによると、この家は二〇〇六年、コルチェスターの不動産屋によって八十五万ポンドで売りに出された、という。果たしてアリンガムやキャンピオンのファンが購入したのだろうか、興味のあるところだ。

マージェリー・アリンガムは一九六六（昭和四十一）年六月三十日、乳癌のため亡くなった。六十二歳であった。亡くなる前に構想ができあがっていたという *Cargo of Eagles* はその二年後、夫フイリップ・ヤングマン・カーターによって纏《まと》められ、上梓された。フイリップはさらに二編のキャンピオン譚を刊行し、三つめを書きかけたところで一九六九年に死去し、それをマイク・リプレイが補完して発表された。

アルバート・キャンピオン　貴族的で、控えめな探偵と描写されているアルバート・キャンピオンについては、本書の巻末に収録されている「我が友、キャンピオン氏」に詳しい。これは一九三五年に放送されたラジオ番組用の原稿がもとになっている。それに、作品中に鏤《ちりば》められたキャンピオンに関する情報を加え、この名探偵について整理してみよう。

アルバート・キャンピオンは本名ではなく、ルドルフという名しかわかっていない。やんごとなき身を、本名を隠すことによって自由気儘《きまま》に生きていこうということらしい。一九〇〇年五月二十日生まれ。ラグビー、ケンブリッジ大セント・イグナティウス・カレッジで教育を受ける。セント・イグナティウスでは優等試験第二級、歴史学位を取得。一九二四年、探偵の仕事を始める。一九三五年から四五年の戦時中、情報局の特殊作戦執行部《SOE》に所属していた。趣味はワイン、美術品の蒐集、変わったものを集めるのが好き。ロンドン西一地区ピカデリー、ボトル通り十七番地aの警察署の上階に、〈従僕〉を自認する元夜盗のマーガズフォンテイン・ラッグと暮らしている。電話：リージェント〇一三〇〇。所属クラブ：パフィンズ、そしてペルメル街のジュニア・グレイズ。戦前のイギリスを代表する高級車だったラゴンダを乗り回している。結婚は遅い方だが、石部金吉《いしべきんきち》というわけではなく、むしろ気の多い方かもしれない。《ランチに誘うべき若き麗人》と題した私的なリストを所持しているというのだから。だが結局は、アマンダ・フィットンと結婚し、一人息子をもうけた。

「怪盗〈疑問符〉」でのキャンピオン（ジャック・M・フォークス画）

本書収録の作品からキャンピオンに関する描写を拾ってみると、「角縁《つのぶち》眼鏡をかけた青白い青年」、「薄青い両目」の「痩せた顔」をした「長身」で「ほっそりした肩」、「ひょろ長い脚」の持ち主。「いつもの気楽な表情」が特徴だ。

キャンピオンと並ぶレギュラー、スコットランド・ヤード犯罪捜査部《CID》のスタニスラウス・オーツ警部（「窓辺の老人」ではすでに警視に昇進している）は、「灰色の目」をした「いつもは寡黙」な男とある。

「二人の関係はいっぷう変わったものだった」――ミステリ史上の名探偵と警官といえば、ホームズとレストレイドを筆頭に「才気あふれる素人探偵と謙虚な警官といった」間柄というのが通り相場だが、この二人は「短気な喧嘩っぱやい警官が、無害で友好的な一般市民の代表者に議論をふっかけているといった」感じである。だが、彼らは堅い信頼関係で結ばれており、オーツはキャンピオンの息子ルパートの名付け親になっている。

そのオーツはキャンピオンをこう評している。「きみは余計な人情で頭を混乱させせんから、そうしたことをすばやく見抜けるんだ。すべてをAとかBとかいった記号でしか見ない」

キャンピオンの妻となるアマンダ・フィットンは、『甘美なる危険』で初登場したときにはまだ十七歳だったが、物語の最後で将来の結婚が仄《ほの》めかされ、『屍衣の流行』の最後では婚約にまでこぎ着ける。ところが『反逆者の財布』になるとアマンダは別の男性に思いを寄せ、二人の仲は俄《にわか》に雲行きが怪しくなるのだが……。

こうして見てくるとわかるように、アリンガムの小説作法は、キャンピオンを中心にした人間関係の中にその特徴が現れている。キャンピオンとラッグ、キャンピオンとオーツ、キャンピオンとアマンダ――どれも、従来の推理小説史上の名探偵とは一線を画している。ここにアリンガム作品の本質があると見てよいだろう。

作品リスト　以下にアリンガムの著作リストを掲げる。初版を優先し、別版のデータを添えた。

（＊＝アルバート・キャンピオンもの）

1　*Blackkerchief Dick : A Tale of Mersea Island* 1923 Hodder & Stoughton
2　*Water in a Sieve* 1925 Samuel French
3　*The White Cottage Mystery* 1928 Jarrolds（マージェリーの妹、ジョイス・アリンガムによる修正版を一九七五年に刊行）
4＊*The Crime at Black Dudley* 1929 Jarrolds（米題 *The Black Dudley Murder*）
5＊*Mystery Mile* 1930 Jarrolds
6＊*Look to the Lady* 1931 Jarrolds（米題 *The Gyrth Chalice Mystery*）
7＊*Police at the Funeral* 1931 Heinemann『手をやく捜査網』（六興出版部　一九五七）
8　*Other Man's Danger* 1933 Collins　マックスウェル・マーチ名義（米題 *The Man of Dangerous Secrets*）
9＊*Sweet Danger* 1933 Heinemann（米題 *Kingdom of Death*、別題 *The Fear Sign*）『甘美なる危険』（新樹社　二〇〇七）
10　*The Mystery Man of Soho* 1933 Amalgamated Press（別題 *A Quarter of a Million*）
11＊*Death of a Ghost* 1934 Heinemann『幽霊の死』（早川書房　一九五四）
12　*Rogues' Holiday* 1935 Collins　マックスウェル・マーチ名義
13＊*Flowers for the Judge* 1936 Heinemann（米題 *Legacy in Blood*）『判事への花束』（早川書

房　一九五六）

14 *The Shadow in the House* 1936 Collins Crime Club　マックスウェル・マーチ名義

15 ＊ *Mr. Campion : Criminologist* 1937 Doubleday　第一短編集

16 ＊ *Dancers in Mourning* 1937 Heinemann（米ペイパーバック版題名 *Who Killed Chloe?*）『クロエへの挽歌』（新樹社　二〇〇七）

17 ＊ *The Case of the Late Pig* 1937 Hodder & Stoughton

18 ＊ *The Fashion in Shrouds* 1938 Heinemann『屍衣の流行』（国書刊行会　二〇〇六）

19 ＊ *Mr. Campion and Others* 1939 Heinemann　第二短編集

20 *Black Plumes* 1940 Heinemann

21 ＊ *Traitor's Purse* 1941 Heinemann（米ペイパーバック版題名 *The Sabotage Murder Mystery*）『反逆者の財布』（東京創元社　一九六二）

22 *The Oaken Heart* 1941 Michael Joseph　自伝風作品

23 *Dance of the Years* 1943 Michael Joseph（米題 *The Galantrys*）

24 ＊ *Coroner's Pidgin* 1945 Heinemann（米題 *Pearls Before Swine*）『検屍官の領分』（論創社　二〇〇五）

25 *Wanted : Someone Innocent* 1946 Stamford House　第三短編集

26 ＊ *The Case Book of Mr Campion* 1947 Spivak　第四短編集

27 ＊ *More Work for the Undertaker* 1948 Heinemann

28 *Deadly Duo* 1949 Doubleday（英題 *Take Two at Bedtime* 1950）第一中編集（25と Last Act を収録）

29 ＊ *Mr. Campion and Others* 1950 Penguin（19とは別内容）第五短編集

30 ＊ *The Tiger in the Smoke* 1952 Chatto & Windus『霧の中の虎』（早川書房 二〇〇一）

31 *The Patient at Peacocks Hall* 1954 Chivers

32 *No Love Lost* 1954 World's Work 第二中編集（31と Safer than Love を収録）

33 ＊ *The Beckoning Lady* 1955 Chatto & Windus（米題 *The Estate of the Beckoning Lady*）

34 ＊ *Hide My Eyes* 1958 Chatto & Windus（米題 *Tether's End* 米ペイパーバック版題名 *Ten Were Missing*）『殺人者の街角』（論創社 二〇〇五）

35 ＊ *Crime and Mr. Campion* 1959 Doubleday 第一米オムニバス（11・13・16収録）

36 ＊ *Three Cases for Mr. Campion* 1961 Doubleday 第二米オムニバス（6・18・21収録）

37 ＊ *The China Governess* 1962 Doubleday『陶人形の幻影』（論創社 二〇〇五）

38 ＊ *The Mysterious Mr. Campion* 1963 Chatto & Windus 第一英オムニバス（16・17・30、および短編と序文を収録）

39 ＊ *The Mind Readers* 1965 Chatto &Windus

40 ＊ *Mr. Campion's Lady* 1965 Chatto & Windus 第二英オムニバス（9・18・21および短編と序文を収録）

41 ＊ *Mr. Campion's Clowns* 1967 Chatto & Windus 第三英オムニバス（5・24・27およびフ

イリップ・ヤングマン・カーターの序文を収録）

42＊ *Cargo of Eagles* 1968 Chatto & Windus（フィリップ・ヤングマン・カーター補作）

43＊ *The Allingham Case-book* 1969 Chatto & Windus　第六短編集

44＊ *The Allingham Minibus* 1973 Chatto & Windus（別題 *Mr. Campion's Lucky Day and other stories*）第七短編集

45＊ *The Margery Allingham Omnibus 1* 1982 Penguin　第四英オムニバス（4・5・6収録）

46＊ *The Return of Mr Campion* 1989 Hodder & Stoughton　第八短編集

47 *The Darings of the Red Rose* 1995 Crippen & Landru　第九短編集

48 *Room to Let : A Radio-Play* 1999 Crippen & Landru

49＊ *Margery Allingham Omnibus 2* 2007 Vintage　第五英オムニバス（9、17、30収録）

アリンガムの死後、ご主人のカーターがキャンピオンものを書き継いでいる。さらに、そのカーターの死によって未完となった原稿をマイク・リプレイが書き継いだ作品は、以下の通りである。

＊ *Mr. Campion's Farthing* 1969 Heinemann（フィリップ・ヤングマン・カーター作）

＊ *Mr. Campion's Falcon* 1970 Heinemann（米題 *Mr. Campion's Quarry*　フィリップ・ヤングマン・カーター作）

＊ *Margery Allingham's Mr Campion's Farewell* 2014 Severn House（フィリップ・ヤング

マン・カーターの遺稿をマイク・リプレイが完成）

なお、一九三六年にロンドンのセルウィン&ブラウント社から刊行されたディテクション・クラブのアンソロジー *Six Against the Yard* にアリンガムの短編 It Didn't Work Out が収められている。

収録作品解題

ボーダーライン事件　The Border-Line Case

一九三六年八月二十五日の〈イヴニング・スタンダード〉にメンドーサの挿絵を付して載った後、〈バーミンガム・イヴニング・ディスパッチ〉、〈グラスゴウ・イヴニング・ニューズ〉、〈ヨークシャー・イヴニング・ニューズ〉などに掲載された。アリンガムの短編集には、第一、第二、および第六短編集に収録されている。

エラリー・クイーンが ***101 Years' Entertainments***（1941）に収録したことによって、アリンガムの短編代表作と目されるようになったが、クイーンはその前に一九三八年の *Challenge to the Reader* にも収録している。また、レックス・スタウトやピーター・ヘイニング、それに本文庫の江戸川乱歩編『世界短編傑作集3』などのアンソロジーにも採られている。

終幕の切れがいい、短編ミステリのお手本のような作品である。

窓辺の老人　The Case of the Old Man in the Window

〈ストランド・マガジン〉一九三六年十月号にマイケル・マッキンレイの挿絵を付して掲載された。アリンガムの短編集には第一、第二、さらに The Old Man in the Window のタイトルで第五短編集に収録。その他、ジョン・アーンスト編の *Favourite Sleuths*（1965）や、ジェラルディン・ベア編の *Crime Stories from The Strand*（1991）などのアンソロジーに採られている。

ロンドンのクラブの窓辺の席に日がな一日すわっている老人が、ある日姿を見せず、騒ぎとなる。短編ミステリの発端の謎として、きわめて魅力的だ。

懐かしの我が家　The Case of the Pro and the Con

一九三七年刊の第一短編集に書き下ろされたものと思われる。その後、The Pro and the Con のタイトルで第六短編集に再録された。

欧米両大陸の警察の追及を受けている詐欺師が、何の取り柄もなさそうな田舎家を高額で借り受けたという。キャンピオンはその裏に潜む企《たくら》みを暴く。

怪盗〈疑問符〉　The Case of the Question Mark

〈ストランド・マガジン〉一九三八年一月号に、ジャック・M・フォークスの挿絵を付して発表された。アリンガムの短編集には、第二、第四短編集に収められ、The Question Mark のタイトルで第五短編集に収録されている。A・L・ファーマン編 *The Second Mystery*

Companion（1944）や、エラリー・クイーン編 *Best Stories from 'EQMM'*（1944）などのアンソロジーに採られている。

高価な銀器ばかりを狙う夜盗〈疑問符《クエスチョン・マーク》〉は、猫背になって走る姿がクエスチョン・マークのようだ、というので、この名が付いたという。〈ストランド〉掲載時のタイトルページのフォークスによる挿絵が、まさにそれを表しているので、ここに掲げておく。

「怪盗〈疑問符〉」挿絵

未亡人　The Case of the Widow

〈ストランド・マガジン〉一九三七年四月号にジャック・M・フォークスの挿絵を付して掲載された。アリンガムの短編集としては第一、第二に収められ、The Widow のタイトルで第五短編集に収録された。R・C・ブル編 *Great Stories of Detection*（1960）や、クリフトン・ファディマン編 *Dionysus*（1962）などのアンソロジーにも採られている。

驚くべき科学的技術が発見された、という発表を巡る一騒動。

行動の意味　The Meaning of the Act

〈ストランド・マガジン〉一九三九年九月号にジャック・M・フォークスの挿絵を付して掲載された。その後、南アフリカの〈アウトスパン〉一九四三年一月二十二日号や〈セイ

ボーダーコリーの愛犬、ベルとブロックとともに、
ダーシー・ハウスの庭で

ント〉一九五二年十月号に掲載されたときも、フォークスの挿絵が使われた。アリンガムの短編集には第四、第五短編集に収録されている。また、アーサー・D・ディヴァイン編 *My Best Secret Service Story*（1940）、ジョン・ウェルカム編 *Best Secret Service Stories 2*（1965）、ネヴィル・テイラー編 *Who-dunit?*（1970）などのアンソロジーに採られている。

犬の日 The Dog Day

〈デイリー・メイル〉一九三九年六月七日号にドレイク・ブルックショウの挿絵を付して掲載された。おなじ〈デイリー・メイル〉の大陸版一九三九年六月十三日号にやはりブルックショウの挿絵付きで掲載されたときにはなぜか、'Here Today...'と改題されている。また一九六七年八月号の〈エラリー・クイーンズ・ミステリ・マガジン〉には'The Chocolate Dog'と再改題された。アリンガムの短編集には若干手が加えられて第八短編集に収録された。
犬好きとして知られるアリンガムならではの物語。

我が友、キャンピオン氏　My Friend Mr. Campion

前記のように一九三五年のラジオ放送用の原稿をもとに、第八短編集に収められたエッセイ。

本文庫にはほかに、レイモンド・ボンド編『暗号ミステリ傑作選』中に「屑屋お払い」The Case of the White Elephant（1936）、およびエラリー・クイーン編『ミニ・ミステリ傑作選』中に「見えないドア」The Unseen Door（1945）という二編のキャンピオンものが収められている。

参考文献

B. A. Pike *Campion's Career : A Study of the Novels of Margery Allingham* 1987 Bowling Green State University Popular Press
B. A. Pike *'Margery Allingham' Dictionary of Literary Biography Vol.77 : British Mystery Writers, 1920-1939* 1989 Gale Research Inc.

Julia Thorogood *Margery Allingham : A Biography* 1991 William Heinemann Ltd（Julia Jones *The Adventures of Margery Allingham* 2009 Golden Duck [UK] Ltd)
Julia Jones *Fifty Years in the Fiction Factory : The Working Life of Herbert Allingham* 2012 Golden Duck (UK) Ltd

また、インターネット上の The Margery Allingham Society（http://www.margeryallingham.org.uk）から、様々な示唆に富む教示を頂いた。

検　印
廃　止

訳者紹介　慶應義塾大学文学部卒。英米文学翻訳家。ブランド『領主館の花嫁たち』，ヘイヤー『紳士と月夜の晒し台』『マシューズ家の毒』，グラベンスタイン『殺人遊園地へいらっしゃい』，ヒッチコック『目は嘘をつく』など訳書多数。

窓辺の老人
キャンピオン氏の事件簿 I

2014年10月17日　初版
2016年11月18日　再版

著　者　マージェリー・アリンガム

訳　者　猪《いの》俣《また》美《み》江《え》子《こ》

発行所　(株)　東京創元社
代表者　長谷川晋一

162-0814/東京都新宿区新小川町1-5
電　話　03・3268・8231-営業部
03・3268・8204-編集部
U R L　http://www.tsogen.co.jp
振　替　00160—9—1565
フォレスト・本間製本

ISBN978-4-488-21004-5　C0197